KB114525

劍物步

고검독보

고검독보 4
천성민 新무협 판타지 소설

초판 1쇄 찍은 날 § 2017년 1월 17일
초판 1쇄 펴낸 날 § 2017년 1월 24일

지은이 § 천성민
펴낸이 § 서경석

편집책임 § 이지연

펴낸곳 § 도서출판 청어람
등록번호 § 제387-1999-000006호
등록일자 § 1999. 5. 31
어람번호 § 제2-2696호

주소 § 경기도 부천시 부일로 483번길 40 서경B/D 3F (우) 14640
전화 § 032-656-4452 팩스 § 032-656-4453
http://www.chungeoram.com
E-mail § chungeorambook@daum.net

ISBN 979-11-04-91166-8 04810
ISBN 979-11-04-91053-1 (세트)

④

천성민 新무협 판타지 소설

FANTASTIC ORIENTAL HEROES

고검독보

도서출판 청어람

고검독보

第一章

증표를 보이다

"핫! 하앗!"

"우랏차아! 크하압!"

우렁찬 기합 소리가 주위를 크게 뒤흔들었다. 아직 동도 트지 않은 이른 아침부터 관지화와 고태, 두 사람은 격렬한 비무를 벌이고 있었다. 별관의 넓은 뒷마당은 비무대로 삼기에 충분했다.

"으하암! 시끄러 죽겠네."

막 잠에서 깬 남궁사혁이 길게 하품을 하며 창밖을 내다보았다. 맨손 비무가 끝난 것인지 두 사람은 서로 거리를 벌리고 있었다. 이내 고태가 먼저 낡은 나무 곤을 집어 들며 말했다.

"맨손 비무로는 승부가 안 나는구먼. 이제 제대로 해보지 않겠수, 관 동생?"

관지화가 씨익 미소를 지으며 고개를 끄덕였다.

"어째 손이 허전해서 영 기분이 안 난다 싶었습니다. 그럼 어디 제대로 한번 해볼까요?"

날을 세우지 않은 대부를 움켜쥐며 관지화는 천천히 고태를 쳐다보았다. 서로 눈이 마주치자 고태는 히죽 미소를 지어 보였다. 나무 곤을 움켜쥔 손에 절로 힘이 들어갔다.

"후우우."

"하아아."

두 사람은 누가 먼저랄 것도 없이 길게 한숨을 내쉬었다. 그리고 신호라도 한 것처럼 동시에 서로를 향해 달려들었다.

탓! 타탓! 캉! 카캉!

뒤이어 나무 곤과 대부가 부딪쳐 날카로운 파열음이 터져 나왔다. 안 그래도 인상을 쓰고 있던 남궁사혁의 얼굴이 더욱 크게 일그러졌다.

"아오! 좀 조용히 하라고, 이 자식들아아!"

버럭 소리치며 달려는 남궁사혁의 가벼운 손짓 한 번에 서로 얽혀 있던 두 사람은 잡고 있던 곤과 대부를 놓치며 그대로 뒤로 패대기쳐졌다.

곽! 파곽!

"어이쿠!"

"으익!"

바닥에 호되게 엉덩방아를 찧고 그대로 몇 바퀴 굴러간 두 사람은 짧은 신음을 토해냈다. 남궁사혁은 곤과 대부를 툭 바닥에 내던지며 말했다.

"좋게 말로 할 때 조용히 했어야지. 하여간에 짜식들이 눈치가 없다니까."

손에 묻은 먼지를 탁탁 털어내며 남궁사혁은 천천히 별채로 걸음을 옮겼다. 주섬주섬 몸을 일으킨 고태와 관지화, 두 사람은 흘끔 남궁사혁의 눈치를 살피며 바닥에 떨어진 곤과 대부를 집어 들려 했다.

"거기까지. 그거 잡으면 니들은 오늘 내 손에 뒤진다?"

막 뒷문에 들어선 남궁사혁의 말에 두 사람은 어깨를 움찔하며 고개를 돌렸다. 남궁사혁은 돌아보지도 않고 있었다. 두 사람은 서로 눈치를 보며 슬며시 바닥의 곤과 대부로 손을 뻗었다.

턱!

관지화의 손이 먼저 대부에 닿았다.

순간!

"오호라? 내 말이 그렇게 우습게 들렸나 보지?"

버럭 소리친 남궁사혁이 곧장 관지화에게 달려들었다. 관지화는 순식간에 자신에게 다가오는 남궁사혁의 모습에 짧은 신음을 토해냈다.

"뜨헉!"

그리고.

빠악! 퍼퍼퍼퍽!

둔탁한 타격음이 별채의 뒷마당을 크게 뒤흔들었다.

"끄, 끄으으……."

관지화는 제 모습을 알아볼 수 없을 만큼 팅팅 부은 얼굴로 신음을 흘렸다. 배는 고픈데 젓가락질도 제대로 하지 못하고, 입도 제대로 벌어지지 않았다.

관지화는 원망 섞인 눈빛으로 흘끔 남궁사혁을 쳐다보았다. 깔끔하게 소면 그릇을 비운 남궁사혁이 젓가락을 내려놓으며 물었다.

"뭘 봐, 인마?"

"아, 아우우."

입안까지 부은 탓에 관지화는 말도 제대로 하지 못했다. 옆에서 눈치를 보고 있던 고태가 조심스레 젓가락을 들고 소면을 먹기 좋게 잘게 끊었다.

"그냥 후루룩 마셔, 동생. 좀 잘랐으니까 그나마 먹을 만할 거여."

그러고는 고태는 자신의 그릇에 집중하기 시작했다. 물끄러미 면이 잘려진 소면 그릇을 쳐다보던 관지화는 이내 그릇으로 손을 뻗었다.

후루룩!

"으어어!"

후루룩!

"그어억!"

아직 김이 피어오르는 뜨거운 국물이 부어터진 입에 닿자 비명을 토해내면서도 관지화는 꾸역꾸역 소면을 마셨다. 그 모습에 남궁사혁이 혀를 차며 말했다.

"미련한 놈. 좀 식고 나서 마시면 될 거 아냐."

남궁사혁의 핀잔에 관지화는 어깨를 움찔하며 그릇에 입을 댄 채로 멈춰 섰다. 이내 관지화는 원망 섞인 눈빛으로 흘끔 남궁사혁을 쳐다보았다.

눈이 마주친 남궁사혁은 말 대신 날카로운 눈빛으로 관지화를 윽박질렀다. 관지화는 재빨리 시선을 돌리며 속으로 들리지 않는 불평을 잔뜩 토해냈다.

"그나저나 언제까지 이렇게 기다리고만 있어야 하는 겁니까, 장노?"

아침 식사를 마친 후, 차를 마시던 중 남궁사혁이 불쑥 질문을 던졌다. 막 차를 한 모금 마신 장일소가 찻잔을 내려놓으며 나직이 한숨을 내쉬었다.

"후우, 글쎄요. 아무래도 복잡한 사정이 있는 것 같긴 합니다만⋯⋯."

"아무리 그래도 그렇지. 귀한 손님이 어쩌고 하더니만, 이렇게 방치해 두다니. 너무한 거 아닙니까? 벌써 닷새나 지났다고요."

투덜거리는 남궁사혁의 기분이 이해가 되는 장일소였다. 처음 별채로 왔을 때에는 늦어도 다음 날이면 양지하와 사진량이 대면할 수 있을 거라 생각했었다.

하지만 하루, 이틀이 지나고 벌써 닷새째.

양지하는 아무런 행동도 보이지 않고 있었다. 사진량이 진짜 양기뢰의 아들인지, 아니면 가짜인지 확인하려 들 법도 하건만, 그런 기미도 전혀 없었다.

이상한 일이었다.

장일소는 저도 모르게 나직이 한숨을 내쉬며 말없이 찻잔을 비우고 있는 사진량을 흘끔 쳐다보았다. 사진량은 무표정한 얼굴로 조용히 입을 열었다.

"어차피 필요한 쪽이 먼저 나설 거다. 괜히 초조해할 필요 없어."

사진량의 말에 남궁사혁의 얼굴이 살짝 구겨졌다. 이내 마뜩찮은 얼굴로 남궁사혁이 투덜거렸다.

"하여간에 저만 잘났지, 쯧!"

남궁사혁은 혀를 차며 사진량에게서 고개를 휙 돌렸다. 장일소가 한숨을 내쉬며 천천히 입을 열었다.

"오늘도 아무 반응이 없으면 제가 내일 아침 일찍 찾아가 보도록 하겠습니다. 그러면 되겠지요, 남궁 공자?"

"뭐, 장노께서 그러신다면……."

남궁사혁은 말꼬리를 흐리며 고개를 끄덕였다. 이내 흘끔 사진량을 쳐다보더니 전혀 미동도 않는 모습에 미간을 찌푸리며 고개를 돌렸다. 멀뚱멀뚱 눈치를 보며 차를 마시고 있는 관지화의 모습이 눈에 들어왔다. 남궁사혁이 반사적으로 관지화의 뒤통수를 후려갈기려는 순간.

똑똑!

누군가 문을 두드리는 소리가 조용히 들려왔다. 남궁사혁의 손바닥이 관지화의 뒤통수에 닿을락 말락 한 위치에서 멈칫했다.

"뉘시오?"

장일소가 천천히 몸을 일으키며 질문을 던졌다. 문밖에서 낭랑한 여성의 음성이 조용히 흘러들었다.

"뫼시러 왔습니다, 장노 어르신. 아가씨께서 뵙자고 하십니다."

"쳇! 지금까지 뭘 하다 이제야 찾는 거야? 거참, 예의는 밥 말아 먹으셨나?"

곧장 남궁사혁의 배배 꼬인 말이 터져 나왔다. 어깨를 움찔한 장일소가 다급히 소리쳤다.

"커험험! 그래, 나만 찾으시는 게요?"

"함께 오신 분들 중, 한 분을 함께 뫼시라더군요."

곧장 들려오는 대답에 장일소는 저도 모르게 사진량을 흘끗 쳐다보았다. 사진량은 여전히 아무런 표정의 변화 없이 가만히 앉아 있었다. 장일소는 확인하듯 질문을 던졌다.

"누구를 모시고 가야 하는 게요?"

"그것은 장노 어르신께 맡기신다고 하셨습니다. 그 외에는 저도 들은 바가 없습니다. 별관 입구에서 기다리고 있겠습니다. 천천히 준비하시고 나오십시오."

"알겠소이다."

장일소의 대답과 함께 문 앞의 인기척이 멀어지는 것이 느껴졌다. 남궁사혁은 여전히 못마땅해하는 얼굴로 인상을 쓰다가 그대로 관지화의 뒤통수를 후려갈겼다.

빠악!

"우켁!"

둔탁한 타격음과 함께 짧은 비명이 터져 나왔다. 그대로 탁자에 이마를 박은 관지화는 부르르 몸을 떨었다. 생각 같아선 버럭 소리치며 대들고 싶었지만 꾹 눌러 참는 수밖에 없었다.

괜히 입을 잘못 놀렸다간 정말 죽기 직전까지 얻어맞을 것은 뻔한 일이었으니.

어쩐지 어색한 분위기에 장일소가 헛기침을 하며 돌아섰다.

"커험험, 그럼 소공과 함께 다녀오도록 하겠습니다. 소공, 가시지요."

장일소의 말에 사진량은 천천히 몸을 일으켜 밖으로 걸음을 옮기기 시작했다. 장일소가 그 뒤를 조용히 따르기 시작했다. 그 모습을 가만히 지켜보던 남궁사혁이 혀를 차며 인상을 찌푸렸다.

"쳇! 하여간……!"

＊　　　　＊　　　　＊

양지하는 자리에 앉아 조용히 호흡을 고르고 있었다. 간헐적으로 느껴지던 극심한 고통이 이제 막 잦아든 참이었다. 이마는 식은땀으로 흠뻑 젖어 있었고, 얼굴은 새하얗게 질려 창백하기 짝이 없었다. 앙다문 입술에서는 살짝 피가 배어나와 붉게 물들었다.

"하아, 하아……."

거칠어진 호흡이 이내 차분히 가라앉았다. 급히 복용한 환약 덕분인지 이제는 통증도 완전히 사라져 버린 후였다. 길게 한숨을 내쉬며 양지하는 이마 가득 맺힌 식은땀을 훔쳐냈다.

저벅, 저벅!

밖에서 다가오는 인기척이 느껴졌다. 땀을 닦아낸 양지하는 문 쪽으로 고개를 돌렸다.

"그들이 온 건가요?"

문 앞에서 멈춰 선 인기척을 향해 양지하가 물었다. 곧장 조용한 대답이 들려왔다.

"네, 아가씨. 지금 막 장노 어르신과 일행 한 분이 도착하셨습니다. 지금 객당에 모셔두었습니다. 이쪽으로 모실까요?"

"아뇨. 제가 그쪽으로 가도록 하죠. 금방 갈 테니까 은 총사도 불러와 주겠어요?"

"네, 알겠습니다."

대답과 함께 인기척이 조용히 멀어져 갔다. 양지하는 나직이 한숨을 내쉬며 거울을 흘낏 쳐다보았다. 아직까지 얼굴에 핏기가 돌아오지 않아 창백하기만 했다. 양지하는 눈을 감고 차분히 숨을 몰아쉬며 혈색이 돌아오기를 기다렸다.

반각이 지나자 어느 정도 몸에 힘이 돌아오는 것 같았다. 천천히 눈을 뜨고 거울을 쳐다보았다. 아직 완전히 혈색이 돌아온 것은 아니지만 조금 전보다는 훨씬 나아보였다. 이내 양지하는 천천히 몸을 일으켰다.

밖으로 걸음을 옮기는 양지하의 얼굴에는 조금 전까지의 고통에 괴로워하던 모습은 전혀 보이지 않았다. 그저 서늘한 냉기가 느껴질 정도로 무표정한 얼굴을 하고 있을 뿐이었다.

덜컹!

가만히 차를 마시던 장일소의 귀에 문이 열리는 소리가 들려왔다. 고개를 돌리자 조심스레 안으로 들어서는 은규태의 모습이 보였다. 가까이 다가오며 은규태는 고개를 숙였다.

"늦어서 죄송합니다. 바로 오려고 했는데 급히 처리해야 할 일이 있어서 말입니다."

"아니. 괜찮소, 은 총사. 그나저나 아가씨는……?"

"글쎄요? 저도 전언을 받고 막 도착한 참입니다."

은규태의 대답에 장일소는 저도 모르게 나직이 한숨을 내쉬었다. 다가온 은규태는 장일소와 사진량의 맞은편에 자리를 잡고 앉았다. 시중을 들고 있던 시비가 기다렸다는 듯 찻잔을 가져와 차를 따랐다.

은규태가 막 한 모금을 마시려고 찻잔을 들어 올린 순간, 또다시 문이 열렸다. 장일소와 은규태의 시선이 약속이나 한 듯 거의 동시에 문 쪽으로 향했다.

조금은 창백해 보이는 양지하가 천천히 안으로 들어왔다. 무표정한 얼굴로 가만히 주위를 둘러보던 양지하는 은규태의 옆자리에 앉았다. 양지하는 조용히 다가와 찻잔을 내려놓은 시비에게 말했다.

"넌 나가 있거라. 내가 다시 부르기 전까진 절대 다가와선 안 될 것이야."

"알겠습니다, 아가씨."

대답과 함께 시비는 고개를 숙인 채 뒷걸음질로 조용히 물러났다. 시비의 기척이 완전히 멀어진 후에야 양지하는 천천히 장일소와 사진량, 두 사람에게로 고개를 돌렸다.

"아가씨……."

눈이 마주친 장일소가 저도 모르게 입을 열었다. 하지만 양지하는 아무런 대꾸도 하지 않고 그대로 사진량에게로 시선을 돌렸다. 사진량은 무표정한 얼굴로 가만히 양지하와 눈을 마주했다.

감정이 거의 느껴지지 않는 무심한 얼굴을 한 사진량과 냉기가 느껴지는 무표정한 얼굴의 양지하. 두 사람의 분위기는 전혀 달랐지만 어쩐지 서로 많이 닮아 보였다.

한참을 그렇게 말없이 사진량을 쳐다보던 양지하가 천천히 입을 열었다.

"확실히… 아버지와 비슷한 느낌이 드는군요. 그렇지 않나요, 은 총사?"

갑작스레 날아든 질문에 은규태는 어깨를 움찔하더니 흘끗 사진량을 쳐다보았다.

"그렇긴 합니다만… 넓은 중원에 닮은 사람이 어디 한둘이 겠습니까?"

양기뢰와 쌍둥이처럼 닮은 사람을 여럿 찾아낸 경험이 있는 은규태였다. 그저 얼굴이 닮았다고 해서 반드시 혈연관계가 있는 것은 아니었다.

사진량을 향한 은규태의 눈빛에는 의심이 가득했다. 은규태의 눈빛에 담긴 의심을 알아챈 장일소가 미간을 찌푸리며 말했다.

"내가 두 눈으로 직접 증표를 확인했소, 은 총사. 내 눈마저 의심하실 거요?"

장일소의 낮은 일갈에 은규태는 어깨를 움찔하며 사진량을 향한 시선을 거뒀다. 그 모습을 가만히 지켜보고 있던 양지하가 천천히 입을 열었다.

"그러면 어디… 그 증표라는 것을 보여줄 수 있나요?"

양지하의 말에 장일소는 반사적으로 사진량을 쳐다보았다. 사진량은 여전히 무표정한 얼굴로 가만히 양지하를 바라보았다. 이내 사진량이 조용히 입을 열었다.

"증표가 진짜라면 어떻게 할 거냐?"

명백한 하대에 발끈한 은규태가 저도 모르게 버럭 소리치려 할 때였다. 사진량은 고개를 돌려 은규태와 눈을 마주했다. 순간 사진량의 눈빛에서 느껴지는 강렬한 위압감이 은규태의 입을 막았다.

어깨를 흠칫 떨며 은규태는 그 자리에 굳어버렸다. 사진량은 그대로 천천히 양지하에게로 다시 고개를 돌렸다.

"글쎄요······. 어떻게 하는 게 좋을까요?"

양지하는 대답 대신 질문을 던졌다. 사진량의 심계가 어느 정도인지 시험하기 위함이었다. 양지하의 의도를 눈치챈 사진량은 대수롭지 않다는 듯 대답했다.

"증표가 진짜인지 아닌지는 중요한 게 아니다. 난 천뢰일가에는 아무런 관심이 없으니."

예상외의 말에 양지하는 살짝 놀란 얼굴로 되물었다.

"그러면 어째서 장노와 함께 이곳까지 온 거죠?"

"내 목적을 이루기 위해서다. 그 외에는 아무런 관심 없다."

조금의 사심도 느껴지지 않는 단호한 눈빛에 양지하는 흥미를 느꼈다. 도대체 어떤 목적이 있기에 천뢰일가를 별것 아닌 것처럼 여기는지 궁금했다. 양지하는 가만히 사진량을 쳐다보며 물었다.

"천뢰일가에 아무런 관심이 없을 정도의 목적이라니. 그게 뭔지 물어봐도 될까요?"

사진량은 곧바로 대답하지 않고 양지하와 눈을 마주했다. 이내 사진량의 입술이 천천히 벌어졌다.

"마도멸절."

단 한 마디에 불과한 짧은 대답이었다.

다른 누군가가 같은 말을 했다면 광인이 지껄이는 미친 소리라 치부하고 웃어넘겼을 것이다. 하지만 사진량의 말은 그저 웃어넘길 수 없었다. 그리 크지도 않고 무덤덤한 목소리였지만, 말의 무게감이 양지하의 심령을 강하게 짓눌러 왔다.

진심이다.

지금 자신의 눈앞에 있는 사내는 진심으로 마도멸절을 말하고 있었다.

어이가 없었다. 천뢰일가가 지난 수백 년간 북방에 자리를 잡고, 무림에 나서지 않은 이유가 바로 마도 때문이었다. 중원을 호시탐탐 노리는 새외의 마도를 견제하기 위함이었다. 구파일방을 뛰어넘는 세력을 지닌 천뢰일가도 이루지 못한 마도멸절을 아무리 강하다고는 하지만 고작해야 무인 한 명에 불과한 자가 언급하다니.

"진심… 인가요?"

사진량의 말과 눈빛으로 이미 알 수 있었음에도 양지하는 다시 한 번 확인하듯 물었다. 사진량은 대답 대신 가만히 고개를 끄덕였다.

이 사내라면 진짜로 할 수 있을지도 모른다. 문득 그런 생각이 들었다. 하지만 양지하는 막 떠오른 생각을 지우려 애쓰며 일부러 코웃음 쳤다.

"하! 미쳤군요."

사진량의 표정과 눈빛은 조금의 흔들림도 없었다.

"불가능하다고 생각하나?"

"당연하죠."

"어째서지?"

"본가도 지난 수백 년간 하지 못한 일을 고작 당신 하나가 이루겠다고요? 말도 안 되는 소리하지 말아요."

양지하는 날카롭게 쏘아붙였다.

사진량과 양지하의 대화에 그들의 옆에 있는 장일소와 은규태는 도저히 끼어들 엄두를 내지 못했다. 은규태는 여전히 사진량의 존재감에 짓눌려 있었고, 장일소는 빠르게 주고받는 두 사람의 대화를 그저 가만히 듣고만 있을 뿐이었다.

얼굴이 하얗게 질리도록 날카롭게 쏘아붙인 양자하의 눈빛을 아무렇지도 않게 받아 흘리며 사진량이 말했다.

"진심으로 마도멸절을 생각해 본 적이 있나?"

사진량의 낮은 음성이 마치 날카로운 비수처럼 날아와 양지하의 가슴을 꿰뚫었다. 저도 모르게 어깨를 움찔한 양지하는 아무런 대꾸도 할 수 없었다.

마도멸절.

꿈같은 이야기였다.

천뢰일가가 북방에 자리를 잡은 이후로 누구도 마도멸절을 이룬 사람은 없었다. 마도의 뿌리는 깊고도 넓어 어떤 수를 써도 도저히 멸절시킬 수 없는, 마치 잡초와도 같은 자들이었다.

그렇기에 막아서는 것밖에는 할 수 없었다.

그것이 천뢰일가의 시작이었다.

하지만 사진량의 말은 천뢰일가가 시작부터 잘못되었다고 하는 것과 마찬가지였다.

"당신은……."

말꼬리를 흐리며 양지하는 날카로운 눈빛으로 사진량을 노려보았다. 사진량은 살짝 입꼬리를 말아 올리며 천천히 몸을 일으켰다.

"더 할 말은 없는 것 같군. 피차 서로의 필요에 의해 만난 것일 뿐이니. 그쪽이 무슨 일을 하든 방해할 생각은 조금도 없으니 원하는 대로 해라. 당분간은 장단을 맞춰주겠다."

그대로 돌아선 사진량은 밖으로 걸음을 옮기기 시작했다.

사진량의 갑작스러운 행동에 저도 모르게 몸을 일으킨 장일소는 창백한 낯빛을 한 양지하와 천천히 걸어 나가는 사진량의 뒷모습을 번갈아 쳐다보았다. 이내 장일소는 양지하에게 고개를 깊이 숙인 후, 사진량의 뒤를 쫓았다.

"죄송합니다, 아가씨. 소공께는 제가 다시 말씀드려 보겠습니다."

금방이라도 쓰러질 듯 창백한 얼굴로 멀어져 가는 사진량의 뒷모습을 쳐다보던 양지하는 벌떡 일어나며 날카롭게 소리쳤다.

"거기서요!"

전에 없이 신경질적인 양지하의 외침에 옆에 있던 은규태는 움찔 놀라며 어깨를 움츠렸다. 걸음을 멈춘 사진량이 천천히 고개를 돌렸다. 창백한 낯빛과는 달리 불타오르는 듯 날카로운 눈빛을 한 양지하와 눈이 마주쳤다.

"뭐지? 용건은 끝난 거 아니었나?"

사진량의 무덤덤한 목소리에 저도 모르게 발끈해 소리치려던 양지하는 억지로 냉정함을 되찾아 싸늘한 음성으로 말했다.

"아직 증표를 보지 못했어요."

"그것이 그렇게나 중요한가?"

"당신에게는 어떨지 모르겠지만 내게는 중요한 문제예요."

양지하의 말에 사진량은 피식 미소를 지었다. 그 모습에 양지하의 미간이 꿈틀했다.

"뭐가 그렇게 우습죠?"

사진량은 대답 대신 천천히 손을 들어 왼쪽 어깨의 옷깃을 잡았다.

찌익!

옷이 찢어지는 소리와 함께 사진량의 맨 어깨가 드러났다.

구릿빛 피부와 함께 드러난 왼쪽 어깨의 날개 죽지에 새겨진 세 개의 뇌전 문양이 양지하의 눈에 들어왔다. 양지하의 눈이 크게 치켜떠졌다.

얼핏 보기에도 자문(刺文)으로 새긴 것이 아니라 반점 같은 선천적인 문양이었다. 양지하는 저도 모르게 아랫입술을 질끈 깨물었다.

"이제 됐나?"

사진량의 나직한 질문이 귓가로 날아들었다. 양지하는 입술을 꽉 다문 채 아무런 대답도 하지 않았다.

사진량은 그럴 줄 알았다는 듯 별다른 반응 없이 그대로 천천히 고개를 돌렸다. 순간 찢어져라 치켜뜬 눈으로 자신을 쳐다보고 있는 은규태와 눈이 마주쳤다.

은규태를 향한 사진량의 눈빛이 한순간 살짝 흔들렸다. 하지만 이내 원래의 무표정으로 돌아온 사진량은 고개를 돌리고 천천히 걸음을 옮기기 시작했다.

저벅! 저벅!

멀어져 가는 사진량과 장일소의 뒷모습을 가만히 지켜보던 양지하는 두 사람의 모습이 시야에서 사라지자 그 자리에 풀썩 주저앉았다.

"괘, 괜찮으십니까, 아가씨?"

자신을 향한 사진량의 눈빛에 저도 모르게 움찔한 은규태는 어깨를 축 늘어뜨리며 힘없이 고개를 떨구는 양지하의 모습에 당황하며 다가가 물었다. 양지하는 깊은 한숨을 내쉬며 고개를 끄덕였다.

"난 괜찮아요, 은 총사."

창백한 얼굴을 한 채 숨을 크게 내쉬는 양지하의 모습에 은규태는 걱정 가득한 얼굴이 되었다. 하지만 다행히 발작이 시작된 것 같지는 않았다.

한참을 그렇게 숨을 몰아쉬던 양지하의 얼굴에 차츰 혈색이 돌아오기 시작했다.

"후우… 이제 조금 진정이 되는군요."

나직이 한숨을 내쉬며 양지하가 중얼거렸다. 가만히 양지하의 신색을 살피던 은규태가 그제야 조심스레 입을 열었다.

"그나저나 진짜일까요?"

은규태는 저도 모르게 흘끔 닫힌 문을 쳐다보았다. 양지하는 평소와 다름없는 조용한 음성으로 대답했다.

"어설프게 자문을 새긴 게 아닌 것만은 틀림없어요. 제 눈에는 진짜처럼 보이더군요. 은 총사도 그렇지 않았나요?"

"그렇긴 합니다만… 만약 그 증표가 진짜라면……."

은규태는 차마 말을 잇지 못하고 말꼬리를 흐렸다. 양지하는 한기가 느껴지는 눈빛을 한 채로 입을 열었다.

"저 사람 말이 맞아요. 증표가 진짜든 아니든 중요한 게 아니었어요."

"그게 무슨……?"

"모르겠어요? 저 사람은 우리, 아니, 본가와 확실하게 선을 그은 거예요. 서로 필요한 만큼만 이용하자, 그게 저 사람의 의도라고요. 그렇다면 이쪽도 사양할 것 없겠죠. 충분히 이용할 대로 이용해 주겠어요."

냉정하기 짝이 없는 양지하의 말에 은규태는 살짝 놀란 얼굴로 물었다.

"하지만 아가씨, 어깨의 증표가 진짜라면 저자는 아가씨의……."

"거기까지. 그 이상은 절대 입 밖으로 내뱉지 말아요. 아무리 은 총사라도 다음번엔 절대 용서하지 않겠어요."

은규태의 말을 잘라 버리며 양지하는 싸늘한 눈빛으로 가만히 그를 쳐다보았다. 은규태는 어깨를 움찔하며 고개를 끄덕일 수밖에 없었다.

"며, 명심하겠습니다."

은규태의 대답을 들은 양지하의 말이 조용히 이어졌다.

"그러면 우선 우리 계획을 조금 수정해야겠군요. 어느 정도 진행 중이었었죠?"

"닷새 안에는 만족스러우실 정도로 교육이 마무리될 것 같습니다."

"그러면 앞으로 이렇게 하도록 하죠. 어차피 오래 쓸 수는 없는 패였으니……."

양지하와 은규태의 밀담은 그 후로 한 시진 동안 끊임없이 이어졌다.

저벅, 저벅!

양지하와 밀담을 마친 은규태는 조용한 걸음으로 자신의 집무실로 향했다. 사진량의 등장으로 수정된 계획을 검토하고 실행할 밑 준비를 해야만 했다. 전체적인 틀은 크게 변하지 않았지만, 세부 사항의 변경으로 신경을 좀 써야 할 것 같았다.

"가주의 후계자가 나타났다면 봉신가의 반응이 어떨지 기대되는군, 후후. 닭 쫓던 개 꼴이 되려나? 그나저나……."

혼잣말을 중얼거리던 은규태의 머릿속에 문득 밖으로 나가던 중 자신을 흘끔 처다보던 사진량의 눈빛이 떠올랐다. 짧은 순간의 미묘한 변화였지만, 분명 자신을 보던 눈빛에 약간의 흔들림이 있었다. 마치 마음속 깊은 곳을 샅샅이 훑어보는 것 같은 눈빛이었다.

그대로 계속 눈을 마주했다간 예상치 못한 일이 생길 것 같은 불안감에 은규태는 저도 모르게 시선을 피해 버렸다.

어째서……?

알 수 없는 일이었다. 갑자기 떠오른 것이었지만, 자신을 보던 사진량의 눈빛이 머릿속에서 사라지지 않았다. 은규태는 고개를 절레절레 흔들며 생각을 지우려고 애쓰며 중얼거렸다.

"설마……."

사진량은 말없이 걸음을 옮기고 있었다. 장일소는 차마 말을 붙이지 못하고 그저 그 뒤를 쫓을 따름이었다.

'소공… 도대체 무슨 생각을 하시는 겁니까?'

사진량의 등을 쳐다보며 장일소는 속으로 중얼거렸다. 하지만 물어봤자 아무런 대답도 해주지 않을 것 같았다. 자신이 필요해서가 아니라면 웬만해서는 입을 여는 일이 거의 없는 사진량이었으니.

예외가 있다면 남궁사혁을 대할 때뿐이었다. 그러니 장일소는 그저 한숨을 내쉬며 사진량의 뒤를 따를 수밖에 없었다.

"별관까지 뫼시겠습니다."

밖에서 기다리고 있던 시비가 다가와 말을 걸었다. 사진량은 시비를 흘끔 쳐다보더니 이내 고개를 내저었다.

"필요 없다."

그대로 사진량은 시비가 따라올 수 없을 정도의 빠른 속도로 걸음을 옮기기 시작했다. 급히 뒤를 쫓으려는 시비를 제지하며 장일소가 말했다.

"미안하네. 그냥 천천히 따라오시게나."

그러곤 장일소는 서둘러 사진량의 뒤를 쫓았다. 어쩔 줄 몰라 하던 시비는 순식간에 자신의 시야에서 사라지는 두 사람의 모습을 멍하니 쳐다볼 뿐이었다.

'그자… 도대체 뭐지?'

한편 사진량은 별관으로 걸음을 옮기며 은규태의 얼굴을 떠올리고 있었다. 막 천뢰일가에 도착했을 때에도 한번 보았던 자였지만, 이상하게도 그때와는 다른 느낌이 들었다.

분명 같은 얼굴에 같은 기운을 지닌 자였다.

그런데 달랐다.

어디가 어떻게 다른 것인지 말로 딱 꼬집어 설명할 수는 없었다. 그저 눈을 마주했을 때에 마음속 깊은 곳에서 무언가가 미세하게 꿈틀했을 뿐이었다.

마도의 무공을 감지할 때의 느낌과는 전혀 달랐다. 은규태에게서는 단 한 줌의 내공도 느껴지지 않았다. 무공과는 아예 담을 쌓고 지내는 문사에 불과한 것 같았다.

그러면 도대체 이 기묘한 느낌은 무어란 말인가.

도무지 답을 얻을 수 없었다.

그냥 착각이겠거니 넘기려고 해도 무언가가 계속 마음에 걸렸다. 그렇게 깊이 고민하는 사이, 어느새 사진량은 일행이 머물고 있는 별관의 입구에 도착했다.

저도 모르게 걸음을 멈춘 사진량이 천천히 고개를 돌렸다. 허겁지겁 자신의 뒤를 쫓아오고 있는 장일소의 모습이 눈에 들어왔다.

"무슨 생각을 그리 깊이 하시는 겁니까, 소공. 아무리 불러도 대답도 않으시고……."

서둘러 다가온 장일소가 조심스레 말을 걸었다. 사진량은 가만히 장일소를 쳐다보다가 천천히 입을 열었다.

"은 총사라는 자… 어떤 자이지?"

"은 총사 말입니까? 갑자기 그는 왜……?"

지금까지 별다른 말을 않고 있던 사진량의 질문에 장일소는 고개를 갸웃하며 물었다. 사진량은 바로 대답하지 않고 잠시 생각했다. 하지만 여전히 답은 나오지 않았다.

"글쎄, 나중을 위해 알아봐 둬야 할 것 같은 예감이 든다."

그렇게 밖에 대답할 수 없었다. 표정의 변화는 없었지만 사진량이 당혹스러워한다는 것을 장일소는 금세 알아챘다. 지금껏 한 번도 보지 못한 모습에 장일소는 자못 놀란 얼굴로 사진량을 쳐다보았다.

'소공께서 이런 모습을… 대체 왜?'

장일소는 머릿속에 떠오른 의문의 답을 알아내려 사진량의 표정을 살폈다. 그러나 거의 눈치챌 수 없을 정도의 미묘한 변화만 감지될 뿐, 그 이상을 알아낼 수는 없었다. 워낙에 감정의 표현이 드문 데다, 오랜 시간을 함께해 온 덕에 그 변화를 알아챌 수 있었다. 하지만 그 미묘한 변화가 무엇을 의미하는 것인지는 도무지 알아낼 수 없었다.

"대답은?"

사진량의 낮은 음성이 장일소의 귓가로 파고들었다. 그제야 퍼뜩 정신을 차린 장일소는 고개를 한 차례 좌우로 내젓더니 이내 천천히 입을 열기 시작했다.

"무슨 일 때문인지는 모르겠으나, 소공께서 은 총사에게 대해 궁금해하시니 제가 아는 대로 다 말씀드리겠습니다. 하지만 이렇게 밖에서 할 얘기는 아닌 것 같으니 안으로 들어가시지요, 소공."

장일소의 말에 사진량은 가만히 고개를 끄덕였다. 장일소는 옅은 미소를 지으며 사진량을 스쳐 지나 앞장서서 별관 입구로 들어섰다.

"그럼 가시지요, 소공."

*　　　　　*　　　　　*

철혈가주 곡상천은 인상을 찌푸린 채 서신을 내려다보고 있었다. 희미하게 촛불 하나가 밝히고 있는 방 안에는 곡상천 말고도 다른 인영이 하나 있었다. 인영은 촛불의 빛이 닿지 않는 어둠 속에서 한쪽 무릎을 꿇은 채 가만히 곡상천을 쳐다보고 있었다.

"어떠십니까, 철혈가주? 가주께서 결정을 망설이시는 사이, 일이 그렇게 진행되었습니다, 후후."

어둠 속 인영의 말에 서신을 보고 있던 곡상천의 눈초리가 날카로워졌다. 살기 가득한 곡상천의 눈빛이 어둠 속 인영에게로 향했다. 웬만한 수준의 고수라도 아무런 반응 없이 저항하기 힘들 정도의 예리한 살기였다.

하지만 어둠 속 인영은 아무렇지도 않은 듯 자연스럽게 곡상천의 살기를 받아넘겼다. 곡상천은 뿌득 이를 악물며 천천히 입을 열었다.

"그래서? 그쪽에서는 어떻게 대응할 생각이지?"

"천뢰일가의 내부 사정입니다. 저희가 왈가왈부할 계제는 아니지요. 그러니……"

어둠 속 인영이 말꼬리를 흐리자 곡상천의 눈썹이 한 차례 꿈틀했다.

"그러니?"

"이번 일은 가주께서 처리하셔야 할 듯합니다."

"내가 알아서 하라? 천뢰일가를 집어삼키는 데 도움을 주겠다고 하지 않았던가?"

"가주께서 좀 더 일찍 저희와 함께하실 뜻을 밝혀주셨다면 미리 준비를 해뒀을 겁니다. 하지만 너무 늦으시는 바람에 이번 일은 어쩔 수 없게 됐군요."

어둠 속 인영의 말에 곡상천의 얼굴이 크게 일그러졌다. 이내 곡상천은 맹수가 으르렁거리듯 낮은 음성으로 말했다.

"그러니까, 지금 이 상황이 모두 내 탓이다?"

어둠 속 인영을 향한 곡상천의 살기는 한 자루의 날카로운 칼날이 되어 날아들었다. 더욱 짙어진 곡상천의 살기에도 어둠 속의 인영은 조금의 미동도 하지 않았다. 그저 천천히 곡상천의 말에 대꾸했을 뿐이었다.

"그런 뜻은 아니었습니다, 가주. 그저 지금의 상황을 말씀드리려 한 것뿐입니다. 이번 일은 어쩔 수 없으니 부디 너그러이 용서해 주십시오. 이후에는 반드시 가주께 도움이 될 것입니다."

고개를 깊이 숙이는 어둠 속 인영의 정중한 말에도 곡상천은 살기를 거두지 않았다. 한참을 가만히 어둠 속 인영을 노려보며 살기를 뿜어내던 곡상천은 상대가 아무런 반응이 없자 으득, 이를 갈며 고개를 돌렸다.

"좋다. 이번은 넘기기로 하지. 대신 다음번에도 같잖은 핑계를 댄다면 그냥 두지 않을 것이다."

"명심하겠습니다, 가주."

"그딴 입에 발린 말은 소용없다. 앞으로는 행동으로 보여야 할 것이다."

서슬 퍼런 곡상천의 말에 어둠 속 인영은 고개를 더욱 깊이 숙였다. 그 모습을 마뜩찮은 얼굴로 내려다보던 곡상천은 이내 고개를 휙 돌리며 낮게 말했다.

"꺼져라."

"그럼 다음에 또 찾아뵙겠습니다, 철혈가주."

전혀 감정의 변화도, 음성의 고저 차도 없는 기괴한 음성으로 대꾸한 어둠 속 인영은 그대로 스륵 얼음이 녹아내리듯 모습을 감춰 버렸다.

어둠 속 인영의 존재감이 완전히 사라진 것을 확인한 곡상천은 손에 든 서신을 그대로 불태워 버렸다.

화르륵!

순식간에 서신이 불타 재로 변했다. 소매에 묻은 재를 가볍게 털어버리며 곡상천은 속으로 나직이 중얼거렸다.

'결국 본가로 진입했다…… 귀찮게 됐군그래.'

*　　　*　　　*

사진량과 장일소는 조용히 서로를 마주하고 있었다. 두 사람이 별관으로 돌아온 직후, 무슨 일이 있었느냐며 남궁사혁이 끼어들려던 것을 사진량이 막았다.

불만 가득한 얼굴로 투덜거리는 남궁사혁을 뒤로하고 두 사람은 별관 꼭대기의 작은 방에 들어와 앉았다. 찻잔을 가득 채운 차에서 김이 피어올라 방 안을 가득 채웠다.

　"차부터 드시지요, 소공."

　장일소는 조용히 차를 권했다. 하지만 사진량은 찻잔을 들지 않고 가만히 장일소를 쳐다보았다. 장일소는 차를 한 모금 마신 후에 천천히 말을 이었다.

　"후우, 어디서부터 말씀을 드려야 할지……."

　"처음부터."

　사진량의 짧은 대꾸에 장일소는 찻잔을 내려놓으며 입을 열었다.

　"은 총사는… 처음부터 본가의 사람은 아니었습니다. 본가에 온 것은 그가 아홉 살 때쯤이었을 겁니다. 양친을 전염병으로 잃고, 떠돌이 거지가 되어 본가까지 흘러들었다더군요."

　"그자가 그렇게 말한 건가?"

　"그렇습니다. 물론 본가에서 받아들인 후에 은 총사의 말을 토대로 역추적을 해 거짓이 아님을 밝혀냈지요."

　사진량의 갑작스러운 물음에 장일소는 고개를 끄덕이며 대답했다. 사진량은 잠시 고개를 갸웃하더니 이내 장일소에게 다음을 재촉했다.

　"그래서?"

"처음에는 그저 작은 심부름이나 하는 소동(小童)에 불과했습니다. 하지만 몇 년이 지난 후, 은 총사의 문재(文才)가 뛰어난 것을 알게 되었지요. 어깨너머로 글자를 배우더니 다들 귀찮아하는 단순 서류 처리 업무를 하더군요. 그때부터 가주께서 눈여겨보시고 하나씩 본가의 일을 가르치기 시작하셨습니다."

장일소는 차를 한 모금 마셔 마른 입술을 적신 후에 천천히 말을 이었다.

"그 후, 은 총사는 차츰 자신의 능력에 두각을 나타내기 시작했습니다. 그렇게 시간이 지나 본가의 살림을 총괄하는 총사에까지 오르게 된 것이지요. 가주께서 쓰러지시고 난 후, 지금까지 본가를 큰 탈 없이 이끌어온 것을 보면 상당히 수완을 발휘한 것이겠지요. 물론 은 총사 혼자만의 힘은 아니겠지만."

말을 마친 장일소는 목이 타는지 조금은 미지근해진 차를 단숨에 비웠다. 가만히 이야기를 듣고만 있던 사진량은 무표정한 얼굴로 물었다.

"그자의 신분은 확실한 건가?"

"은 총사의 출신 마을 자체가 전염병 때문에 사라져 버린 후라 조사가 쉽지는 않았지만 확실히 확인했던 것으로 알고 있습니다. 혹시라도 마도의 간자가 잠입할 가능성도 있어 본가에서 사람을 들일 때에는 신분 조사는 철저히 하고 있습니다."

"그런가……."

사진량은 나직이 중얼거리며 무언가 생각에 잠겼다. 그 모습을 쳐다보던 장일소가 물었다.

"그런데… 어째서 은 총사에게 관심을 가지시는 겁니까, 소공?"

대답을 기대하고 물어본 것이 아니었다. 역시나 사진량은 아무런 대답도 하지 않았다. 그저 무표정한 얼굴을 한 채 깊은 생각에 잠겨 있을 뿐이었다.

第二章
부자 상봉

　"으, 으으으⋯⋯."

　나직한 신음이 저절로 흘러나왔다. 눈은 초점이 풀려 멍한
상태였다. 약에라도 취한 듯 입에서는 침이 질질 흘러나왔다.
누워 있지도, 앉아 있지도 않은 어정쩡한 자세로 축 늘어져 있
었다.

　끼이익⋯⋯!

　천천히 문이 열리고 누군가 안으로 들어왔다. 하지만 아무
런 반응도 할 수 없었다. 아무런 생각도 들지 않고, 아무것도
느껴지지 않았다. 그저 그 자리에서 꼼짝하지 않고 가만히 있

으면 모든 게 좋아질 것 같았다.

저벅! 저벅!

누군가 가까이 다가왔다.

하지만 역시나 아무것도 느껴지지 않았다. 다가온 누군가가
조용히 귓가에 속삭였다.

"정신 차려라, 곽삼."

이상한 일이었다. 아무것도 들리지도, 보이지도, 느껴지지도
않았는데 누군가의 목소리가 날카롭게 귓가로 파고들었다.

초점 잃은 눈동자에 서서히 초점이 돌아오기 시작했다. 의
자에 축 늘어져 있던 몸을 서서히 일으켰다.

며칠을 굶은 탓인지 몸에 힘이 들어가지 않았다. 억지로 일
어나긴 했지만 등이 굽어지고 두 팔이 축 늘어져 곱사등이 같
은 형상이 되었다. 힘겹게 고개를 들자 익숙한 사내의 모습이
눈에 들어왔다.

"주인… 님……."

저절로 말이 흘러나왔다. 눈앞에 있는 사내는 자신이 절대
복종 해야 할 대상이었다. 사내의 입꼬리가 살짝 말려 올라갔
다. 사내의 조용한 목소리가 다시 귓가로 파고들었다.

"내가 누구라고?"

"주… 인님. 제 주인님이십… 니다."

더듬거리며 억지로 대답했다. 몸이 제대로 움직여지지 않는

것처럼 입도 혀도 마비된 듯 굳어져서 말이 제대로 나오지 않았다.

"좋아. 그럼 앞으로 해야 할 일을 말해주겠다. 딱 한 번만 말해줄 테니 절대 잊어버려서는 안 된다. 알겠지?"

"며, 명심하겠습니다, 주인… 님."

들려온 대답에 만족한 사내가 더욱 가까이 다가와 들릴락 말락 한 목소리로 조용히 속삭였다.

"……!"

은규태는 의자에 축 늘어져 있는 곽삼을 흘낏 쳐다보았다. 초점 없이 풀어진 눈과 침까지 질질 흘리고 있는 모습에 은규태는 씨익 미소를 지으며 천천히 몸을 일으켰다. 한쪽 구석에 놓여 있는 미약한 김이 피어오르는 향로에 다가간 은규태는 품속에서 작은 목갑을 꺼냈다.

찌익!

봉인을 뜯어내고 목갑 안에 있는 것을 그대로 향로에 털어넣자 다 꺼져가던 불길이 기름이라도 부은 듯 한순간 확 치밀어 올랐다.

화르륵!

향로까지 모두 태울 것처럼 타오르던 불길은 이내 잦아들었다. 그리고 파르스름한 연기를 뿜어내기 시작했다.

은규태는 손을 들어 소매로 코와 입을 막으며 뒷걸음질 쳤다. 향로가 뿜어내는 연기를 흡입하지 않도록 몇 걸음이나 물러난 은규태는 흘끔 늘어져 있는 곽삼을 쳐다보았다.

"흐으으읍……."

넋을 잃은 것처럼 보이던 곽삼은 본능적으로 크게 심호흡을 해 향로가 뿜어내는 연기를 빨아들이기 시작했다. 한참을 그러던 곽삼은 그대로 깊은 잠에 빠지기라도 한 듯 고개를 힘없이 툭 떨궜다.

그 모습을 본 은규태는 만족스러운 미소를 지으며 천천히 돌아섰다.

"좋은 꿈을 꾸길 바라지, 크크크."

*　　　*　　　*

달도, 별도 보이지 않는 깊은 어둠이 내려앉은 밤이었다. 양지하는 잠이 오지 않는지 침상에 누워 이리 뒤척, 저리 뒤척거리고 있었다. 얼마 지나지 않아 양지하는 천천히 몸을 일으켰다.

"하아, 길어야 두 시진 정도밖에 자지 못하는데 이러면……."

양지하는 나직이 중얼거리며 손을 들어 머리칼을 쓸어 올렸다. 무엇 때문인지 모르겠지만 아무래도 잠이 올 것 같지 않았다. 침상에서 벗어난 양지하는 대충 겉옷을 걸치고는 창을 열었다.

덜컹!

활짝 열린 창밖으로 어두운 하늘이 비쳤다. 양지하는 가만히 구름 가득한 하늘을 올려다보며 한숨을 내쉬었다. 갑자기 무표정한 얼굴로 자신을 쳐다보던 사진량의 모습이 떠올랐다. 그리고 동시에 병상에 눕기 전, 자신에게만 인자한 미소를 보여주던 양기뢰의 모습도 함께 떠올랐다.

압도적인 강인함과 인자함을 지닌 양기뢰.

감정이 거의 드러나지 않는 무표정하기만 한 얼굴의 사진량.

전혀 다른 분위기의 두 사람이었지만 많이 닮은 것만은 확실했다. 사진량의 왼쪽 어깨에 있던 세 줄기 뇌전의 문양도 양기뢰의 것과 똑같아 보였다.

하지만.

"진짜일 리 없어."

양지하는 자신에게 확인이라도 하듯 나직이 중얼거렸다. 누구도 믿을 수 없었다. 아니, 천뢰일가를 지키려면 아무도 믿어서는 안 된다. 그렇게 버텨온 지난 수년이었다.

"아무도 믿지 말거라."

수년 전 병상이 악화되기 전 양기뢰가 남긴 말이었다. 그때부터 양지하는 아무도 믿지 않고 오로지 천뢰일가만을 위해 살아왔다. 오랫동안 천뢰일가를 이끌어온 총사, 은규태조차도 완전히 신뢰하지 않았다.

그런 양지하가 갑자기 불쑥 나타난 사진량에게 흔들리고 있었다. 잠을 이루지 못하고 있는 것도 그런 이유 때문이었다.

혈연의 이끌림.

어쩌면 지금의 흔들림은 그것 때문일지도 몰랐다. 하지만 양지하는 애써 자신의 머릿속에 떠오른 생각을 지우려 고개를 절레절레 흔들었다.

"아니야. 그럴 리 없어."

＊　　　　＊　　　　＊

"하아… 그러니까 서로 이용할 것만 적당히 이용하고 끝내자? 그렇게 말하고 왔다고? 진짭니까, 장노?"

남궁사혁은 머리가 지끈거린다는 듯 이마를 매만지며 한숨을 푹 내쉬었다. 장일소가 고개를 끄덕이며 말했다.

"이미 소공께서 정하신 일입니다. 제가 왈가왈부할 수 없는 노릇이지요."

그 말에 남궁사혁은 갑갑하다는 듯 가슴을 툭툭 두드리며 대꾸했다.

"어이구, 갑자기 장노까지 왜 그러십니까? 전엔 저 녀석이 천뢰일가를 굳건히 지탱해야 한다고 하셨잖습니까."

"허허, 생각해 보니 소공께서 목적을 이루시면 딱히 그럴 필요가 없을 것 같더군요."

장일소는 미소를 지으며 말했다. 그 모습이 더 어이가 없어진 남궁사혁이 말없이 무표정한 얼굴로 앉아 있는 사진량을 가리키며 물었다.

"저 녀석의 목적이라면 설마……."

"네. 생각하시는 바로 그겁니다."

장일소가 고개를 끄덕이자 남궁사혁은 어처구니없다는 얼굴로 사진량을 쳐다보았다.

"야, 인마, 진짜 일 다 끝나면 떠날 거냐?"

사진량은 대답 대신 고개를 끄덕였다. 남궁사혁은 저도 모르게 한숨을 푹 내쉬었다.

"하아, 내가 저런 놈을 친구라고……."

"무슨 문제 있나?"

무뚝뚝한 사진량의 대꾸에 남궁사혁은 세상 다 잃은 얼굴로 구시렁대기 시작했다.

"하여간에 눈치 없는 자식이 말이야. 이 형님이 처음으로 내 목숨을 걸 수 있는 소저를 겨우 만났는데, 저런 식으로 산통을 다 깨놓기나 하고. 에이, 친구만 아니면 그냥, 콱!"

나직이 투덜거리는 소리였지만, 사진량에게는 조금의 가감도 없이 들려왔다. 사진량은 무표정한 얼굴로 조용히 대꾸했다.

"자신 있으면 한번 덤벼라."

"뭐, 인마?!"

남궁사혁은 버럭 소리치며 곧장 달려들 것처럼 벌떡 몸을 일으켰다. 하지만 차마 덤벼들지는 못하고 부르르 어깨를 떨며 간접적으로나마 분노를 표현했다. 사진량은 본 척도 하지 않으며 나직이 중얼거렸다.

"그리고……"

사진량이 말꼬리를 흐리자 남궁사혁은 저도 모르게 귀를 기울였다. 사진량의 조용한 음성이 남궁사혁의 귓가로 조용히 날아들었다.

"앞으론 형님이라고 불러라."

남궁사혁에게만 겨우 들릴 정도로 조용한 목소리였다. 그 말을 들은 남궁사혁은 버럭 소리치며 덤벼들려다 순간 멈칫했다.

"인마! 지금 뭐라고……! 으응? 잠깐. 지금 그 말은……"

사진량의 말을 듣지 못한 장일소는 남궁사혁의 반응에 고개를 갸웃했다.

"왜 그러십니까, 남궁 소협?"

남궁사혁은 손가락으로 사진량을 가리키며 장일소를 쳐다보왔다.

"지금 이 자식이 한 말 들었죠, 장노?"

"응? 소공께서 뭐라고 하셨습니까?"

장일소는 무슨 소리냐는 듯 고개를 갸웃거렸다. 하지만 남궁사혁은 히죽 미소를 지으며 천천히 사진량에게 다가갔다. 그러곤 사진량의 어깨를 탁탁 두드리며 너털웃음을 터뜨렸다.

"음화화홧! 네놈이 아닌 척해도 날 인정하고 있다는 말이렸다? 그럼 그렇지. 나 말고 양 소저를 책임질 만한 사내가 세상에 어디 있다고. 크하하핫! 내 양 소저는 목숨을 걸고 지켜 내겠네, 처나암~!"

능글거리며 웃는 남궁사혁의 모습에 한순간 뒤통수를 후려 갈기고 싶은 충동을 살짝 느낀 사진량이었다.

사흘 후.

여느 때처럼 아침 일찍부터 관지화와 고태는 별채의 뒷마당에서 격렬한 실전 비무를 벌이고 있었다.

"하압! 핫!"

"허엇! 홉!"

우렁찬 기합 소리가 뒷마당을 크게 뒤흔들었다. 아직은 맨손 비무를 하는 중이라 날카로운 금속성은 들리지 않았다. 그저 간간이 묵직한 타격음이 들려올 뿐이었다.

"아오, 저것들! 시끄러우니까 좀 작작하라니까."

남궁사혁이 짜증 섞인 얼굴로 버럭 소리치며 창밖으로 고개를 불쑥 내밀었다. 반사적으로 관지화가 어깨를 움찔하더니, 고태를 향해 뻗어내던 주먹이 멈칫했다. 하지만 고태의 주먹은 미처 멈추지 못하고 그대로 날아들었다.

퍼어억!

"껙!"

묵직한 타격음과 함께 짧은 비명을 토해내며 관지화의 턱이 빙글 돌아갔다. 턱에 가해진 엄청난 충격에 관지화의 몸이 그대로 튕겨 나갔다가 바닥에 나뒹굴었다.

쿠당탕! 쿵탕!

주먹을 내지른 동작 그대로 굳은 고태가 바닥을 뒹구는 관지화의 모습에 크게 당황했다.

"어, 어엇! 관 동생! 괜찮은감?"

후다닥 다가간 고태가 먼지를 풀풀 일으키며 쓰러진 관지화를 부축해 일으켰다. 무방비 상태에서 턱을 강하게 맞은 탓인지 관지화의 눈이 흰자위를 드러내고, 입에는 거품을 물고 있었다.

"그르륵!"

거품을 뱉어내는 목울림과 함께 관지화는 그대로 눈을 까뒤집은 채 실신해 버렸다. 축 늘어지는 관지화의 몸을 부축하며 고태가 소리쳤다.

"저, 정신 차려, 관 동생! 관 동새앵!!"

그 모습을 방 안에서 내려다보던 남궁사혁은 혀를 차며 나직이 중얼거렸다.

"어이구, 가지가지 한다. 가지가지 해… 쯧쯧."

이른 아침의 소동을 뒤로하고 일행은 한자리에 모여 아침 식사를 마쳤다. 둥근 탁자에 둘러앉아 차를 마시고 있는 중, 남궁사혁이 불쑥 질문을 던졌다.

"그런데 우린 계속 이렇게 별관에 내버려 둘 거랍니까? 어제 대충 어떻게 할지 합의를 본 것 같았습니다만."

각자의 패를 완전히 드러내 보이진 않았지만 사진량과 양지하는 일종의 합의를 본 것이나 마찬가지였다.

서로 필요한 만큼만 이용한다.

그것이 두 사람의 합의 사항이었다. 그리고 지금 당장 도움이 필요한 것은 사진량이 아닌 양지하였다. 사진량이 이미 천뢰일가에 들어온 이상, 계속 숨기고 있을 수는 없는 노릇이다. 이미 오대봉신가에도 발 빠르게 소식이 전해졌을 것이다.

그런데 양지하가 아무런 행동도 취하지 않고 있으면 사진량에 대한 의심만이 생겨날 뿐이었다. 오대봉신가의 입장에서는 가장 달갑지 않은 존재가 바로 사진량이었다.

때문에 양지하는 사진량이라는 패를 오대봉신가에 공개적으로, 최대한 화려하게 알려야 할 필요가 있었다. 그것이 오대봉신가의 허튼수작을 빠르게 봉쇄하는 방법이 될 터였다.

시간을 준다면 오대봉신가에서 무슨 짓을 벌일지 모르는 일이었다. 사진량이 천뢰일가에 들어오는 것을 막기 위해 정에 병력까지 은밀히 보낸 봉신가였으니.

"그렇긴 합니다만……."

장일소는 말꼬리를 흐리며 흘끗 사진량을 쳐다보았다. 사진량은 묵묵히 자신의 찻잔을 비운 후에 천천히 입을 열었다.

"굳이 먼저 나서지 않아도 필요하면 알아서 찾아오겠지."

말을 마치자마자 사진량은 별관으로 빠르게 다가오는 인기척을 느꼈다. 빈 찻잔을 내려놓으며 사진량이 조용히 말했다.

"조조도 제 말하면 온다[說起曹操, 曹操就到]더니. 바로 오는군그래."

보폭이나 발걸음 소리로 보아 총사 은규태일 것이다. 사진량의 말에 남궁사혁도 이내 기척을 느끼기 시작했다.

"누가 오긴 오는데… 에이, 양 소저가 아니잖아."

다가오는 기척이 누구인지 금세 알아낸 남궁사혁은 아쉬움 가득한 얼굴로 나직이 투덜거렸다. 사진량과 남궁사혁의 말에 나머지 세 사람은 그저 어리둥절한 얼굴로 고개를 갸웃할 뿐이었다.

저벅! 저벅!

일다경이 지나자 복도를 지나 다가오는 두 사람의 걸음 소리
가 들려왔다. 하나는 별관의 시비였고, 다른 하나는 은규태의
발소리였다. 이내 식당으로 다가온 두 명의 인기척은 문 앞에
서 걸음을 멈췄다.

"은 총사께서 급히 뵙자고 하십니다."

"어서 들어오라고 하시게."

시비의 말에 장일소가 대꾸했다. 이내 시비가 조심스레 닫
힌 문을 열었다. 천천히 안으로 들어선 은규태가 사진량과 장
일소를 향해 고개를 숙여 포권을 취했다.

"간밤에는 편안하셨습니까?"

은규태의 말과 함께 시비는 소리가 나지 않게 조심스레 문
을 닫았다. 문이 닫히는 순간, 식당 안으로 미풍이 풀어왔다.
그와 함께 코끝에 전해지는 희미한 향취에 사진량이 저도 모
르게 어깨를 움찔했다.

"왜 그러십니까, 소공?"

은규태의 문안 인사에 대답을 하려던 장일소는 사진량의 반
응에 고개를 갸웃하며 물었다. 사진량은 가볍게 고개를 내저
었다.

"아무것도 아니다."

그러면서도 사진량은 방금 자신의 코끝을 자극한 희미한 향

취를 떠올렸다. 분명 어디선가 맡아본 것 같은 향취였다. 하지만 도무지 기억이 나지 않았다. 그러는 사이 천천히 다가온 은규태가 입을 열었다.

"어제의 일도 있고 해서 이제 저쪽으로 모실까 하고 왔습니다. 앞으로의 일을 생각하면 외부의 시선도 생각해야 하니 말입니다."

"우리도 마침 그 이야기를 하고 있던 중이었소이다. 물론 아가씨께서도 동의하신 일이겠지요?"

"아가씨께서 직접 내게 전하라 하신 말씀입니다, 장노."

"그럼 지금 바로 거처를 옮기는 게요?"

"제가 오기 전에 준비하라고 일러뒀으니 반 시진쯤 후에 출발하시면 될 듯합니다. 그 전까지는 저와 얘기를 좀 나누시면 될 것 같군요. 그나저나……."

은규태는 말꼬리를 흐리며 남궁사혁을 비롯, 고태와 관지화 그리고 오귀를 한 번씩 쳐다본 후 장일소에게로 고개를 돌렸다.

"왜 그러시오?"

"중요한 얘기를 해야 하니 될 수 있으면 외부인은 없는 편이……."

은규태의 말에 발끈한 남궁사혁이 무어라 소리치려는 찰나, 사진량의 낮지만 묵직한 음성이 날아들었다.

"지금까지 나와 함께해 온 이들이다. 무슨 이야기를 하려는 것인지 모르겠지만, 저들이 나가야 한다면 나도 나가겠다."

사진량의 예상 밖의 말에 당황한 것은 은규태뿐만이 아니었다. 남궁사혁도 의외라는 듯 살짝 놀란 눈으로 사진량을 쳐다보았다. 장일소도 저도 모르게 흘끗 사진량을 쳐다보았다. 오귀는 그저 조용히 남궁사혁의 옆에 앉아 있었고, 관지화와 고태는 영문을 모르겠다는 듯 고개를 갸웃거릴 뿐이었다.

"본가의 기틀이 흔들릴지도 모르는 일입니다. 함부로 외인에게 발설할 수는 없습니다."

이내 정신을 차린 은규태는 황급히 말을 쏟아냈다. 하지만 사진량은 대답 대신 천천히 몸을 일으켰다. 정말 밖으로 나가려는 듯 사진량이 걸음을 옮기기 시작하자, 은규태가 다급히 소리쳤다.

"아, 알겠습니다. 그냥 말씀드리도록 하겠습니다."

그제야 사진량은 걸음을 멈추고 천천히 돌아섰다. 언제 그랬냐는 듯 태연한 얼굴로 다시 자리에 앉은 사진량은 흘끔 은규태를 쳐다보았다.

"어디 들어보지."

사진량의 모습에 살짝 심사가 뒤틀린 은규태였지만, 겉으로 드러내지 않으려 애쓰며 차분히 입을 열었다.

"이야기를 시작하기 전에 지금부터 제가 하는 얘기는 절대로 외부로 유출시키지 않겠다고 다짐해 주서야 합니다."

"그건 너무 걱정 마시게나. 어디 함부로 입을 놀릴 이들이
아니라네."

장일소가 고개를 끄덕이며 대꾸했다. 하지만 안심이 되지 않
는지 은규태는 사진량과 장일소를 제외한 나머지를 쳐다보며
말했다.

"다들 약속해 주서야 합니다. 지금 이곳에서 한 얘기가 외부
로 흘러갈 경우, 책임져 주서야 합니다. 아시겠습니까?"

자못 협박에 가까운 말이었다. 남궁사혁은 피식 미소를 지
으며 물었다.

"책임이라……. 상대에게 발설의 책임을 묻는다는 것은 자신
도 그만큼의 부담을 지겠다는 의미인가?"

남궁사혁은 어쩐지 은규태가 마음에 들지 않는 듯 대뜸 하
대를 했다. 은규태의 눈살이 살짝 찌푸려졌지만, 이내 당연하
다는 듯 고개를 끄덕였다.

"물론이오."

"홋! 지금부터 당신이 하는 말을 절대 입 밖으로 내지 않을
거라 약속하지. 이 녀석이야 내 종복 놈에 불과하니, 내가 입
단속을 철저히 하겠소. 어이, 종복 놈, 어디 가서 함부로 떠벌
리고 다닐 거냐?"

남궁사혁은 피식 미소를 지으며 옆에 있는 오귀에게 말을 걸

었다. 고개를 숙이고 있던 오귀는 이내 천천히 입을 열었다.

"절대 그럴 일 없을 겁니다, 주군."

"니들은 어쩔 거냐?"

오귀의 대답을 확인한 남궁사혁이 어리둥절한 얼굴을 하고 있는 고태와 관지화를 쳐다보았다. 고태는 순박한 미소를 지으며 뒷머리를 긁적였다.

"저는 어려운 얘기는 잘 알아듣지도 못하는구먼유. 입 닫고 있으라면 입 닫고 있어야쥬."

"저야 머리가 나빠서 무슨 얘길 들으면 금방 잊습니다. 아니면 그냥 머리 한 대 세게 쳐주시면 쉽게 까먹을걸요?"

두 사람의 대답에 남궁사혁은 피식 미소를 지으며 은규태를 쳐다보았다. 은규태와 눈이 마주치자 남궁사혁은 천천히 입을 열었다.

"이 정도면 충분하지 않나?"

은규태는 길게 한숨을 내쉬며 대답했다.

"좋소. 당신들을 믿고 내 이야기하도록 하리다. 그 전에 시비들을 모두 물려야겠소. 잠시만 기다려 주시오."

밖으로 나간 은규태는 반각이 지나자 다시 식당으로 돌아왔다. 남궁사혁이 감각을 넓게 퍼뜨려 별관 내에 다른 사람이 있는지 확인했다. 식당에 모여 있는 자신을 제외하고는 아무도 없는 것이 느껴졌다.

사진량이 흘끔 쳐다보자 남궁사혁은 가만히 고개를 끄덕였다. 사진량은 은규태를 바라보며 조용히 입을 열었다.

"그럼 이야기를 시작해 보지."

은규태는 크게 심호흡을 한 후, 자못 진지한 얼굴로 천천히 입을 열기 시작했다. 그 순간 다시 한 번 은규태의 몸에서 퍼져 나온 희미한 향취가 사진량의 코끝을 자극해 왔다.

'도대체 이 냄새는……?'

여전히 답을 찾지 못하고 있는 사진량의 귓가에 조용한 은규태의 목소리가 흘러들었다.

"그쪽… 아니, 사 대협이라고 하겠소. 사 대협이 나타나기 전까지 아가씨와 나의 계획은……."

일행이 거처를 옮길 준비를 한다며 이야기를 마친 은규태는 자리를 떠났다. 잠깐의 침묵 후, 가장 먼저 입을 연 것은 남궁사혁이었다.

"어쩔 거냐?"

자신에게 툭 하니 날아든 남궁사혁의 질문에 사진량은 무표정한 얼굴로 반문했다.

"뭘 말이냐?"

"꼭두각시놀음에 뛰어들 생각인 거냔 말이다."

"여기서 얻어야 할 것이 있으니 당분간은 저들이 원하는 대로 해볼 생각이다."

사진량의 말에 남궁사혁은 마뜩찮은 얼굴로 구시렁거렸다.

"어째 영 찝찝하지 않냐? 차라리 그냥 독자 노선으로 가는 게 나을지도 모르겠는데? 마도에 대한 정보는 뭐, 이 종복 놈이 있으니까 개방을 어느 정도 활용할 수 있을 테고."

"진심인가?"

남궁사혁의 말에 사진량은 의외라는 듯 물었다. 남궁사혁은 여전히 구겨진 얼굴로 대꾸했다.

"아니, 어쩐지 저 은 총사라는 작자가 자꾸 거슬리네. 왠지 모르겠지만 말야. 장노는 어떻게 생각하십니까?"

갑자기 불쑥 날아든 질문에 깊은 생각에 잠겨 있던 장일소는 움찔 놀랐다.

"예? 지금 뭐라고 하셨습니까, 남궁 소협?"

화들짝 놀라는 장일소의 모습에 남궁사혁은 피식 미소를 지으며 고개를 내저었다.

"아무것도 아닙니다, 장노. 그나저나 진짜로 할 생각이란 말이지?"

남궁사혁은 다시 한 번 확인하듯 사진량에게 물었다. 사진량은 가만히 남궁사혁을 쳐다보더니 입을 열었다.

"이상한 일이군. 어제까지는 누군가에게 목숨을 내걸겠다고 하지 않았던가?"

사진량의 질문에 남궁사혁은 뒷머리를 한 대 얻어맞은 듯 멍한 표정을 지었다. 이내 남궁사혁은 은규태 때문에 잊고 있던 양지하의 얼굴을 퍼뜩 떠올리며 멋쩍은 듯 웃음을 터뜨렸다.

"크하핫! 이거야 원, 네 녀석의 선택에 그렇게 깊은 뜻이 있었다니. 내 생각이 짧았구만. 알겠어. 내 무슨 일이 있어도 양소저만큼은 꼭 지키겠네, 처남. 크핫핫핫!"

사진량의 등을 팡팡 두드리며 남궁사혁은 만족스러운 미소와 함께 연신 고개를 끄덕였다. 어리둥절한 표정의 두 사람, 고태와 관지화가 조용히 중얼거렸다.

"남궁 형님이 왜 저러시는 겁니까, 고태 형님?"

"그, 글쎄?"

                    *   *   *

덜컹!

문이 열리는 소리가 들려왔다. 천천히 눈을 뜨자 누군가 입구에 서 있는 것이 보였다. 두 사람이었다. 두 사람 중 하나가 천천히 안으로 들어왔다. 은규태였다. 그의 모습을 본 곽삼이 파르르 떨리는 입술을 열었다.

"은… 총사인가……?"

오랫동안 제대로 먹지도 마시지도 못한 탓인지 바짝 마른 입술에서 메마른 목소리가 흘러나왔다. 은규태는 아무런 대답도 하지 않고 천천히 고개를 돌렸다. 입구에 서 있는 것은 양지하였다.

"어떠십니까, 아가씨?"

"놀랍군요. 이렇게까지 비슷할 줄은 몰랐는데……."

양지하는 자못 감탄한 얼굴로 곽삼을 쳐다보았다.

애초에 양기뢰와 많이 닮은 자를 찾아내긴 했지만, 병약해 보이는 인상을 위해 극도로 살을 빼고 분장을 조금 덧칠하자 거의 알아볼 수 없을 정도였다. 하루에 한 번씩 양기뢰를 찾아가는 양지하도 자세히 보지 않으면 구분을 할 수 없을 정도였다.

"지… 하… 로구나……."

빛을 잃어가는 곽삼의 힘없는 눈동자가 스륵 양지하에게로 향했다. 양지하는 저도 모르게 다가가 부축하려다 멈칫했다.

"대체… 어떻게 한 거죠, 은 총사?"

양지하는 놀란 얼굴로 은규태를 쳐다보았다. 은규태는 천천히 곽삼에게 다가가 그가 앉아 있는 의자 옆에 놓은 작은 향로를 들어 양지하에게 보였다.

"지난 열흘 동안 최면 향을 맡게 했습니다. 역할에 좀 더 몰입할 수 있도록 최면에 걸린 가수면 상태에서 가주의 기억과 역할에 대해 주입했지요."

"최면 향… 이라면 부작용은 없는 건가요?"

양지하의 질문에 은규태는 당연하다는 듯 고개를 끄덕였다.

"물론입니다. 해독 향도 따로 준비해 두었습니다. 일이 끝나면 원래대로 돌아올 수 있을 겁니다. 그런데……"

"뭐죠?"

"겉모습과 말투, 행동 같은 것은 가주와 구분이 거의 가지 않도록 처리했습니다만… 무공은 어쩌실 셈입니까? 지난번에 아가씨께서 따로 생각해 두신 바가 있다고 하지 않았습니까?"

은규태의 질문에 양지하는 조용히 대답했다.

"그 사람 덕분에 따로 준비하지 않아도 될 것 같더군요."

"그 사람이라면… 사 대협 말입니까?"

"네. 원래 계획대로라면 대역의 역할이 가장 중요했지만, 이제는 달라졌어요. 대역은 최적의 순간에, 아주 잠깐 동안만 등장시킬 계획이에요. 그러니 무공의 증명은 그리 중요한 문제가 아니죠."

처음에는 대역의 역할이 가장 중요한 계획이었지만, 사진량의 등장으로 그 비중이 현저히 낮아졌다. 현재로서는 양기뢰의 대역인 곽삼의 역할은 사진량의 신분을 증명해 주는 정도면 충분했다.

병상에 있는 천뢰일가의 가주가 직접 나서서 사진량이 자신의 후계자라 선언한다면, 겉으로 불만을 드러내는 자는 없을 것이다. 오대봉신가의 가주가 모두 모인 자리에서 사진량을 소개하고, 그 신분을 공고히 하는 것이 양지하가 세운 계획의 핵심이었다.

"그런 것이었군요."

양지하의 의도를 알아챈 은규태는 나직이 중얼거리며 고개를 끄덕였다. 양지하는 돌아서서 천천히 밖으로 걸음을 옮기며 말했다.

"마무리까지 확실하게 처리해 주셔야 합니다, 은 총사."

"물론이지요, 아가씨."

허리를 숙여 은규태는 밖으로 나가는 양지하를 배웅했다. 문이 닫히고 양지하의 발소리가 거의 들리지 않을 정도로 멀어지자 은규태는 천천히 곽삼에게 다가갔다.

"으, 은 총사……."

곽삼은 가까이 다가오는 은규태의 모습에 신음하듯 나직이 중얼거렸다. 은규태는 피식 미소를 지으며 손을 뻗어 곽삼의 목덜미를 움켜쥐었다.

"컥!"

손아귀에 힘을 주자, 숨이 막힌 곽삼이 짧은 신음을 토해냈다. 이대로 조금만 더 힘을 주면 곽삼은 목이 꺾여 죽음에 이를 것이다. 하지만 은규태는 더 힘을 주지 않고 곽삼의 목에서 천천히 손을 떼어냈다.

"목을 꺾어버리는 것은 너무 쉬우니 재미없군. 좀 더 재밌는 상황을 만들어 드리지. 어떻게 대응할지 기대되는군그래. 크크, 크크크⋯⋯."

곽삼의 목숨 따위야 언제든지 마음만 먹으면 취할 수 있는 것이었다. 그보단 좀 더 혼란스러운 상황을 연출하는 데 써먹는 것이 훨씬 나을 터. 그것이 곽삼의 값싼 목숨을 최대한 활용하는 방법이었다. 어차피 일이 끝나면 처리해야 할 목숨이었으니.

은규태는 허리를 숙여 곽삼의 귓가로 입을 가져가 소리가 나지 않게 입술을 달싹였다. 흐릿해져 있던 곽삼의 눈빛에 약간의 생기가 돌아왔다.

이내 천천히 몸을 일으킨 은규태는 돌아서서 밖으로 걸음을 옮기기 시작했다. 은규태는 저도 모르게 입꼬리를 말아 올린 채 싸늘한 웃음을 흘렸다.

"크크크."

＊　　　＊　　　＊

일행이 거처를 옮기고 사흘이 지난 후, 양지하가 혼자서 사진량을 찾아왔다.

"단둘이서만 얘기하고 싶군요."

호들갑을 떨며 과잉 친절을 베풀던 남궁사혁은 양지하의 그 말에 세상 다 산 얼굴로 어깨를 축 늘어뜨렸다. 눈치를 살피던 오귀가 후다닥 달려가 방 안에 있는 사진량을 불렀다. 오귀와 함께 천천히 밖으로 나온 사진량은 실망 가득한 남궁사혁을 흘깃 쳐다보더니 이내 시선을 돌렸다.

"무슨 일이지?"

"얘기 좀 하죠. 따라와요."

"그러지."

사진량이 고개를 끄덕이자 양지하는 돌아서서 걸음을 옮기기 시작했다. 사진량이 그 뒤를 조용히 따랐다.

저벅! 저벅!

일행의 거처를 지나 복도를 걷는 중이었다. 갑자기 심장을 굵은 말뚝으로 찌르는 것 같은 통증이 밀려왔다.

"끕!"

억지로 통증을 참으며 입을 꽉 다물어보았지만 짧은 신음이 새어 나오는 것을 막지 못했다. 그 자리에 멈춰 선 양지하는 부르르 어깨를 떨었다. 밀려오는 통증에 한 발짝도 꼼짝할 수 없었다. 아니, 더 이상 버티고 서 있을 수 없었다.

비틀!

한순간 참을 수 없는 통증에 양지하는 그대로 몸의 균형을 잃고 한쪽으로 크게 기울었다. 그대로 벽에 부딪치려는 순간.

턱!

사진량이 손을 뻗어 양지하의 팔을 감싸 안았다. 사진량이 부축해 안은 덕에 다행히 쓰러지지는 않았지만 발작이 잦아든 것은 아니었다. 이번에는 작은 바늘 수백, 수천 개가 마구 심장을 찌르는 것 같은 통증이 뒤이어졌다. 참으려고 해도 참을 수 없는 지독한 통증이었다.

"아윽⋯⋯!"

도저히 터져 나오는 신음을 막을 수가 없었다. 양지하는 사진량의 팔에 몸을 기댄 채 부르르 몸을 떨며 낮은 신음을 토해 냈다.

"구음절맥의 발작⋯ 이로군."

의식이 아득해질 정도로 지독한 통증 속에서 사진량의 조용한 음성이 들려왔다. 동시에 무언가 따듯한 기운이 허리의 명문혈에서부터 몸속으로 천천히 퍼져 나가기 시작했다. 정체불명의 따듯한 기운이 혈맥을 맴돌자 조금씩 통증이 가라앉기 시작했다.

"하아, 하아⋯⋯!"

어느샌가 언제 그랬냐는 듯 통증이 사라졌다. 반각도 되지 않는 짧은 시간이었지만, 양지하의 이마는 어느새 식은땀으로 가득 차 있었다. 양지하는 거친 숨을 몰아쉬며 손을 들어 땀을 닦아냈다.

"괜찮나?"

사진량의 무뚝뚝한 질문이 날아들었다. 그제야 양지하는 자신이 사진량의 품에 반쯤 안겨 있다는 사실을 깨달았다. 한순간에 양지하의 불이 붉게 확 달아올랐다. 양지하는 다급히 두 손으로 사진량의 가슴을 밀어냈다.

"괘, 괜찮아요."

하지만 다리에 힘이 제대로 들어가지 않아 양지하는 다시 비틀했다. 이번에도 사진량이 손을 뻗어 양지하의 어깨를 잡아 부축했다.

사진량의 손을 타고 체온이 전해졌다. 따뜻했다. 어린 시절 양기뢰의 품에 안겨 있을 때처럼 포근한 느낌이 들었다. 양지하는 저도 모르게 사진량에게 몸을 기댔다.

두근! 두근!

심장이 뛰기 시작했다. 통증은 전혀 없는 편안한 두근거림이었다. 양기뢰가 병상에 누운 이후, 처음으로 느껴보는 포근함이었다.

'아버지……'

양기뢰의 넓고 따뜻한 품속이 느껴졌다. 양지하는 저도 모르게 스륵 눈을 감았다.

"할 얘기가 있다고 하지 않았던가?"

순간 사진량의 조용한 음성이 귓가로 흘러들었다. 퍼뜩 정신을 차린 양지하가 눈을 떴다. 거의 코가 닿을 정도로 사진량의 얼굴이 가까워져 있었다. 마치 아빠에게 어리광 부리는 아이처럼 양지하는 사진량의 품에 꼭 안겨 있었다.

화들짝 놀란 양지하는 다급히 몸을 일으켜 사진량의 품속에서 벗어났다. 혹시나 달아오른 얼굴을 사진량에게 보일까 싶어 양지하는 고개를 돌린 채 말했다.

"크흡! 빠, 빨리 따라오기나 해요."

후다닥 앞장서서 서둘러 걸음을 옮기는 양지하의 모습에 사진량은 저도 모르게 살짝 입꼬리를 말아 올렸다. 이내 원래의 무표정한 얼굴로 돌아온 사진량은 조용히 양지하의 뒤를 따르기 시작했다.

사방이 몇 겹이나 되는 두꺼운 벽으로 가로막혀 있는 밀폐된 공간이었다. 사진량은 가만히 자신의 맞은편에 앉아 있는 양지하의 말을 듣고만 있었다.

양지하의 이야기가 끝나자 사진량은 가만히 고개를 끄덕였다.

"알겠다. 네 말대로 그러는 게 가장 효과가 좋을 것 같군."

"그럼 그렇게 알고 진행할게요. 우선 봉신가 가주들을 불러들여야 하니까 빠르면 이십 일 정도 걸리겠군요. 지금 당장 가주지령으로 소집할게요."

사진량과 눈을 마주치지 않게 고개를 반쯤 숙인 채 양지하가 말했다. 가만히 그 모습을 지켜보던 사진량이 천천히 입을 열었다.

"그 전에 하나 부탁할 게 있다."

"그게 뭐죠?"

양지하의 질문에 사진량은 잠시 머뭇하더니 이내 대답했다.

"가주를 만나볼 수 있나?"

전혀 예상치 못한 말에 양지하는 고개를 들어 사진량을 쳐다보았다. 사진량은 여전히 감정이 느껴지지 않는 무표정한 얼굴을 하고 있었다. 사진량을 향한 양지하의 눈은 미세하게 파르르 떨렸다.

"어째서죠?"

"확인해 봐야 할 것이 있어서다."

"무얼 말인가요? 당신이 아버지의 진짜 아들인지 아닌지 확인해 봐야겠다는 뜻인가요?"

조금 전까지 사진량과 눈을 마주치지 않으려 하던 양지하였지만 이번에는 달랐다. 타오르듯 날카로운 눈빛으로 서슬 퍼런 살기를 내쏘며 사진량과 눈을 마주하며 쏘아붙였다.

사진량은 가만히 고개를 내저었다.

"그런 것에는 관심 없다. 다만……."

"다만?"

"가주가 쓰러진 이유를 확인하려는 것뿐이다."

사진량의 대답에 양지하의 눈이 커졌다. 양기뢰가 쓰러진 이유를 확인해 본다니. 병으로 쓰러진 것이 아니었단 말인가. 양지하는 놀란 눈으로 사진량을 바라보며 물었다.

"지금… 그게 무슨 소리죠?"

"글쎄. 대답은 직접 봐야 알 수 있을 것 같군."

전혀 대답이 되지 않는 사진량의 말에 양지하의 눈빛에 한 줄기 의심의 빛이 스쳤다. 문득 아무리 좋다는 영약을 써도 회복은커녕 점점 악화되기만 한 양기뢰의 모습이 떠올랐다.

어쩌면…….

양지하는 저도 모르게 아랫입술을 꽉 깨물었다. 이내 결정을 내린 양지하는 벌떡 일어나며 입을 열었다.

"아버질 뵙게 해 드릴게요. 따라오세요."

코끝이 시릴 정도로 짙은 약 향이 가득했다. 닫혀 있는 문틈으로 새어 나오는 약 향이었다.

"오셨습니까, 아가씨?"

문 앞을 지키고 있던 가노가 양지하를 향해 고개를 깊이 숙였다. 양지하는 고개를 살짝 까딱한 후, 가까이 다가갔다.

"아버지는 좀 어때요?"

"차도가 없으십니다. 그런데 이분은……?"

양지하의 질문에 짧은 대답을 한 가노는 사진량을 쳐다보며 살짝 경계심을 품었다. 양지하는 나직이 한숨을 내쉬며 말했다.

"그 사람은 괜찮아요. 안으로 들어가 봐도 되겠죠?"

"하나 아가씨, 함부로 외인을 들여서는······."

"그건 나도 잘 알아요. 하지만 이 사람은······."

가노의 말을 끊으며 사진량에 대해 설명하려던 양지하는 머뭇거리며 말꼬리를 흐렸다. 하지만 이내 흘끗 사진량을 보며 말을 이었다.

"무슨 일이 생기면 제가 책임지겠어요."

말을 마침과 동시에 양지하는 가노를 스쳐 지나 닫혀 있는 문을 활짝 열었다.

순간 방 안을 희미한 안개처럼 가득 채우고 있던 약 향이 한꺼번에 밖으로 흘러나왔다. 웬만해서는 표정 변화가 없는 사진량이 저도 모르게 인상을 찌푸릴 정도로 지독한 약 향이었다.

"아, 아가씨!"

가노가 당황한 음성을 토해냈지만 차마 양지하의 행동을 제지하지 못했다. 양지하가 먼저 안으로 걸어 들어가자, 사진량이 뒤따라 안으로 들어갔다. 짙은 약 향의 안개 사이로 침상에 누워 있는 사내의 모습이 눈에 들어왔다.

얼핏 보기에는 오래된 시체라고 해도 믿겨질 정도로 사내의 몸은 바짝 마른 목내이처럼 피골이 상접해 있었다. 손가락은 뼈마디가 훤히 보일 정도였고, 근육이 거의 다 죽어 온몸이 앙상한 나뭇가지처럼 보였다.

그나마 머리칼은 많이 빠지지 않고 푸석푸석해 보이는 정도였다. 오랫동안 누워서 지낸 탓에 욕창이라도 생긴 것인지, 무언가 썩는 냄새도 짙은 약 향에 희미하게 섞여 있었다.

손가락 하나 꼼짝도 하지 않고 있어서 가슴이 약간 들썩이지만 않았다면 시체라고 해도 과언이 아니었다.

탁!

아무도 들어오지 못하게 문을 닫은 후에야, 양지하가 침상으로 다가갔다. 침상 옆에 놓인 의자에 앉은 양지하는 조용히 손을 뻗어 뼈만 남은 앙상한 양기뢰의 손등 위에 살짝 포개며 조용히 말했다.

"아버지… 좀 괜찮으세요?"

검게 죽은 눈자위 때문에 눈을 감고 있는 줄 알았던 양기뢰의 손끝이 파르르 떨렸다. 미세하게 고개가 양지하에게로 향했다. 억지로 움직이는 손은 마치 자신은 괜찮다고 말하는 것만 같았다.

양지하는 양기뢰에게 부담이 가지 않도록 조심스레 손을 잡으며 가만히 눈을 마주했다. 다 꺼져가는 불빛처럼 생기를 잃어가는 양기뢰의 눈빛에 양지하는 저도 모르게 눈물을 글썽였다.

이내 체력이 다한 것인지 양기뢰는 힘겹게 고개를 돌리며 눈을 감았다. 미약하지만 그나마 고른 호흡을 확인한 후에야 양지하는 조심스레 잡았던 손을 놓고 소리 나지 않게 몸을 일으켰다.

"잠드셨어요. 이제 최소한 하루는 깨어나지 않으실 거예요."

"그렇군."

사진량은 천천히 잠든 양기뢰에게 다가갔다. 바로 옆에서 멈춰 선 사진량은 그대로 양기뢰를 향해 손을 뻗었다. 사진량의 손이 잠든 양기뢰의 머리에 닿으려는 순간.

"지금 뭐 하는 거예요?"

양지하의 낮지만 날카로운 음성이 귓가로 날아들었다. 멈칫한 사진량이 천천히 고개를 돌리며 대답했다.

"상태를 확인해 보려는 거다."

말을 마침과 동시에 사진량은 양기뢰의 정수리에 손을 얹었다. 머리에 닿은 사진량의 손길을 느낀 것인지 잠든 양기뢰의 몸이 미세하게 파르르 떨렸다. 사진량은 그대로 천천히 내공을 주입하기 시작했다.

우우웅!

낮은 진동음과 함께 사진량의 손바닥이 희미하게 빛나기 시작했다. 사진량의 내공이 손바닥을 타고 양기뢰의 몸속으로 흘러들어 갔다. 오랫동안 병상에 누워 있어 뼈와 근육이 심하게 손상된 상태였다. 게다가 혈맥까지 상해 있어서 자칫 잘못하다간 사진량이 주입한 내공을 감당하지 못하고, 온몸이 터져 나갈지도 모르는 일이었다.

때문에 사진량은 심혈을 기울여서 양기뢰의 혈맥이 간신히 버틸 수 있는 정도의 내공을 주입하고 있었다. 어느샌가 사진량의 이마에 땀이 맺히기 시작했다. 워낙에 세심한 내공의 조절이 필요한 일이라 사진량은 여느 때보다 집중력이 높아져 있었다.

양기뢰에게 해를 끼치려는 것이 아니라는 것을 금방 알아챈 양지하는 그저 입을 다문 채 말없이 사진량을 주시하고 있을 뿐이었다.

쉬이이—!

한참의 시간이 지나자 양기뢰의 몸에서 잿빛 연기가 피어오르기 시작했다. 어느샌가 양기뢰의 몸의 떨림이 눈에 크게 띌 정도로 강해져 있었다. 사진량은 여전히 양기뢰의 정수리에 손을 얹은 채였다.

"으, 으으……."

깊이 잠든 양기뢰의 입에서 나직한 신음이 흘러나왔다. 어느새 양기뢰의 몸에서 뿜어져 나오던 잿빛 연기가 잦아들기 시작했다. 그와 함께 몸의 떨림도 가라앉았다.

잿빛 연기가 사라지고, 떨림이 완전히 멎자 사진량이 나직이 한숨을 뱉어내며 정수리에 얹은 손을 떼어냈다.

"후우! 역시 그랬군."

나직이 중얼거리는 사진량의 모습에 양지하가 조심스레 물었다.

"무슨 말이죠?"

"중독이다."

사진량의 짧은 대답에 양지하의 눈이 찢어져라 크게 치켜떠졌다. 양지하는 도저히 믿어지지 않는다는 듯 말했다.

"그게 무슨! 중독이라니요. 지금까지 내로라하는 실력의 의원들이 아버질 치료해 왔지만 중독이 원인이라고 한 자는 아무도 없었어요. 그저 원인을 알 수 없는 질병이라고 했었다고요. 그런데 중독이라니! 무슨 말도 안 되는 소리예요?"

빠른 속도로 쏟아지는 양지하의 말에 사진량은 눈 하나 깜짝하지 않았다. 그저 조용히 자신의 말을 할 뿐이었다.

"무공에 대해 해박한 의원이라 해도 제대로 알아낼 수 없을 정도의 은밀한 독을 쓴 거다. 그것도 극히 미량을 수년간 지속적으로 복용시킨 것 같군."

"그, 그럴 리가……!"

믿을 수 없는 일이었다. 양지하는 놀람이 가득한 눈으로 사진량과 누워 있는 양기뢰를 번갈아 쳐다보았다. 사진량의 말이 조용히 뒤이어졌다.

"장노에게 처음 들었을 때부터 미심쩍은 부분이 있었다. 천뢰일가의 가주, 일세의 무인이 그렇게 쉽게 질병에 걸릴 리가 없지."

"조, 조금 전에 그 잿빛 연기는……?"

"그래. 내공으로 독의 일부를 태워서 날려 버린 것이다."

사진량은 가만히 고개를 끄덕였다. 양지하의 질문이 곧장 뒤이어졌다.

"그, 그럼 아버지는요? 괜찮아지실 수 있는 건가요?"

양기뢰의 상세 호전.

가장 중요한 것은 바로 그것이었다. 누구도 밝혀내지 못한 양기뢰의 중독 사실을 알아내고, 독의 일부를 내공으로 태워 버리기까지 한 사진량이었다.

어쩌면 사진량의 도움으로 양기뢰를 완전히 회복시킬 수 있을지도 모른다. 양지하는 간절한 바람을 담은 눈으로 사진량을 쳐다보았다. 하지만 사진량은 고개를 가만히 내저었다.

"아니, 오랜 세월 복용한 독이 골수에 치밀었다. 게다가 병상에 누운 이후 복용한 온갖 영약의 기운과 뒤섞여 독의 기운이 변질되어 완벽하게 해독해 낼 수 없다."

"그, 그런……!"

부정적인 대답에 양지하는 눈물 맺힌 얼굴을 한 채 고개를 떨궜다. 사진량의 말이 조용히 이어졌다.

"하지만 더 악화되는 것을 막을 수는 있을 거다."

"조금 전처럼 말인가요?"

사진량은 대답 대신 고개를 끄덕였다. 양지하는 눈가에 맺힌 눈물을 훔쳐내며 사진량의 앞에 무릎을 꿇었다.

"부디 부탁드릴게요. 아버지를… 조금이라도 편안하게 해주실 수 있겠어요?"

이마를 바닥에 닿을 정도로 오체투지(五體投地)한 양지하를 내려다보며 사진량은 고개를 끄덕이며 말했다.

"그리 어려운 일은 아니다."

사진량의 말에 양지하는 더욱 고개를 깊이 숙이며 연신 고맙다고 되뇌었다.

"고마워요. 정말 고마워……."

하지만 양지하는 채 말을 끝내기도 전에 그대로 혼절해 버렸다. 그동안 절대 놓지 않고 팽팽하게 당겨온 긴장의 끈이 갑자기 풀려 버린 탓이었다.

사진량은 오체투지한 채로 혼절해 버린 양지하를 가만히 내려다보았다. 이내 손을 뻗어 양지하를 안아 든 사진량은 천천히 밖으로 걸음을 옮기기 시작했다.

척!

문 앞에서 걸음을 멈춘 사진량은 흘낏 고개를 돌려 깊은 잠에 빠져 있는 양기뢰를 쳐다보았다. 목내이처럼 비쩍 마른 체구는 전혀 변함이 없었지만, 조금은 편안해진 것 같은 얼굴을 하고 있었다. 양기뢰의 낯선 얼굴에 담겨 있는 자신의 모습을 발견한 사진량은 속으로 나직이 중얼거리며 돌아섰다.

'아버지라… 낯선 단어로군.'

문득 사진량의 머릿속에 자신을 향해 한 번도 미소를 지어주지 않은, 아니, 마지막 순간에 단 한 번의 미소를 보여준 사내의 얼굴이 떠올랐다.

이내 사진량의 얼굴에서 미소가 지워졌다. 다시 원래의 무표정한 얼굴로 돌아온 사진량은 혼절한 양지하를 품에 안은 채 천천히 밖으로 나섰다.

끼이이……!

第三章
내부의 적

"후우우……."

사진량은 길게 한숨을 내쉬며 양기뢰의 명문혈에서 손을 떼어냈다. 지난 며칠 동안 사진량은 하루에 한 번씩 은밀히 양기뢰를 찾아 추궁과혈(推宮過穴)을 하고 있었다. 그 덕분인지 양기뢰의 상세는 크게 눈에 띄지는 않았지만, 조금씩 호전되고 있었다.

천천히 몸을 일으킨 사진량은 양기뢰를 조심스레 침상에 뉘였다. 그러는 와중에 양기뢰의 왼쪽 어깨에 난 세 줄기 뇌전 문양이 눈에 들어왔다.

자신의 것과 완전히 똑같은 형태의 문양이었다. 하지만 사진량은 조금도 동요하지 않았다. 사진량에게 있어 아버지라는 존재는 단 한 사람, 자신이 목숨을 거두었던 그 사내뿐이었다.

때문에 사진량은 소림에서도 자신의 친모를 만나지 않고 그대로 떠나오지 않았던가.

지금의 사진량에게 중요한 것은 오직 자신의 목표, 마도멸절뿐이었다. 그 과정에서 벌어지는 일은 모두 필요에 의한 것일뿐, 아무런 의미도 없었다.

"다 끝났어요?"

사진량이 막 양기뢰를 누이고 돌아서려는 찰나, 양지하가 안으로 들어오며 물었다. 사진량은 대답 대신 가만히 고개를 끄덕였다. 양지하의 말이 곧장 뒤이어졌다.

"오늘 오대봉신가에 회합을 통보했어요. 가주지령을 내린 거라 봉신가의 가주들이 직접 올 거예요. 전에도 말했지만 모두 모이는 데 이십 일 정도 걸릴 텐데… 그때까지 아버지 상세는 어느 정도 호전될 수 있을까요?"

"글쎄. 외부에 모습을 보일 수 있을 정도로 호전되려면 적어도 반년 이상은 걸릴 거다."

"흐음, 그럼 역시 계획대로 대역을 세워야겠군요."

사진량의 대답에 양지하는 나직이 한숨을 내쉬었다. 회합이 시작되기 전까지 양기뢰가 어느 정도 거동을 할 수 있을 만큼 회복이 된다면 좋겠지만, 어쩔 수 없는 일이었다. 대역이 필요한 시간은 아무리 길어도 반각이 채 되지 않을 터였으니, 그리 어렵지 않게 속여 넘길 수 있을 것이다.

문제는 양기뢰의 대역이 하는 말을 전해 들을 가주들의 반응이었다. 아무리 사진량이 자신의 후계자라고 양기뢰가 말했다고 한들, 그것을 얌전히 받아들일 봉신가의 가주들이 아니었다.

양기뢰가 쓰러진 이후, 겉으로 대놓고 드러내지는 않았지만 호시탐탐 천뢰일가의 실권을 노렸던 봉신가의 가주들이었다.

사진량이 양기뢰의 아들이라는 것은 그렇다 쳐도 천뢰일가의 새 주인이라는 것은 절대 인정하려 들지 않을 것이다. 하지만 해결할 방법은 있었다.

사진량의 압도적인 무위.

봉신가가 은밀히 보낸 정예 병력을 단숨에 제압했던 사진량의 무위를 가주들이 자신의 눈으로 확인한다면 인정하지 않을 수 없을 것이다.

"대역은 그 은 총사라는 자가 책임지고 있다고 했던가?"

"네. 며칠 전에 확인했는데, 제대로 준비했더군요."

양지하는 최면 향에 취해 자신을 양기뢰라고 철저히 믿고 있던 곽삼을 떠올리며 말했다. 사진량은 양지하와 눈을 마주한 채 물었다.

"그자, 믿을 수 있나?"

"무슨 의미죠?"

"말 그대로다. 믿을 수 있는 자인가?"

"글쎄요. 솔직히 말하면 은 총사라는 사람은 신뢰하지 않아요. 그의 능력을 믿을 뿐이지."

"그렇군. 참고하지."

사진량은 가만히 고개를 끄덕였다. 양지하는 고개를 갸웃하며 물었다.

"그런데 그건 갑자기 왜 묻는 거죠?"

"글쎄."

사진량은 그저 모호한 대답을 한 후 천천히 몸을 일으켰다. 천천히 밖으로 나가던 사진량은 문득 생각이 난 듯, 고개를 돌려 말했다.

"당분간은 가주에게 탕약을 먹이지 마라. 그리고 나 말고는 다른 사람은 아무도 함부로 안에 들어가게 해서는 안 돼."

"명심하죠."

*　　　　*　　　　*

"가주지령이라… 기어이 올 것이 왔군."

철혈가주 곡상천은 인상을 찌푸린 채 조금 전 전서구를 통해 전해진 천뢰일가 본가의 서신을 구겼다.

서신의 내용은 오대봉신가의 가주 모두를 소집하는 긴급 소집령이었다. 첩보를 통해 사진량이 본가에 들어간 것을 확인했을 때부터 기다리고 있던 소식이었다.

곡상천은 둘 중 하나를 선택해야 했다.

하나는 가주지령을 무시하고 그대로 병력을 소집해 천뢰일가를 무력으로 점거하는 것이었다. 양기뢰가 쓰러진 이후, 사상누각이 된 천뢰일가를 집어삼키는 것은 그리 어렵지 않은 일이었다.

하지만 명분이 없었다. 다른 봉신가 중 하나가 먼저 병력을 일으킨다면 그것을 명분 삼아 나설 수 있었다.

물론 다른 봉신가의 가주도 자신과 같은 생각을 하고 있을 터. 먼저 나서려 들지 않을 것이다.

게다가 변수도 있었다.

바로 사진량의 존재였다. 다른 봉신가에서 은밀히 보낸 정예병력을 상처 하나 없이, 아무도 죽이지 않고 제압한 사진량의 무위를 쉽사리 예측할 수 없었다. 만약 사진량이 자신이 예측하는 수준 이상의 무위를 지녔다면 절대로 움직여서는 안 되는 일이었다.

다른 하나는 역시나 가주지령대로 얌전히 소집에 응하는 것이었다. 서신에는 자세한 내용이 언급되어 있지 않았지만 긴급 소집령을 내린 이유는 쉽사리 예상할 수 있었다.

아마도 사진량 때문일 것이다.

사진량이 천뢰일가로 들어간 것이 벌써 열흘 정도 전의 일이었으니, 신분에 대한 증명은 충분히 하고도 남을 시간이었다. 천뢰일가 총사부 직속의 밀단의 정보력을 총동원한다면, 어떤 자이든 단 하루 만에 날 때부터 지금까지의 일을 샅샅이 조사해 낼 수 있었다. 사진량에 대한 검증은 열흘 간 충분히 이루어졌을 것이다.

하지만 그것은 사진량이 오래전 행방불명된 양기뢰의 아들이라는 게 아니었다. 진짜든 아니든 간에 사진량에게 충분히 이용 가치가 있다고 판단했다는 뜻이었다.

긴급 소집령을 내린 것은 사진량의 신분을 오대봉신가의 가주에게 인정받게 하려는 속셈일 것이다. 그 과정에서 양지하와 은규태가 어떤 술수를 부릴지는 쉽사리 가늠할 수 없었다. 하지만 그 둘의 술수에 놀아날 수는 없는 노릇이니 충분히 대비를 해야 할 것이다.

두 가지 대응책.

곡상천은 쉽사리 어느 한쪽을 선택하지 못하고 깊은 고민에 빠져들었다. 어느 쪽을 선택하든 위험부담이 있었다. 어느 쪽이 더 큰 손해가 올지 예측할 수 없으니 고민은 더욱 길어져만 갔다.

두어 시진이 지나 새벽 여명이 찾아올 무렵이 되어서야 곡상천은 깊은 한숨을 내쉬며 천천히 입을 열었다.

"나와라. 지켜보고 있다는 거 알고 있다."

아무도 없는 빈 방에 곡상천의 음성이 조용히 퍼져 나갔다. 순간, 촛불이 닿지 않는 어두운 구석의 공간에 갑자기 한쪽 무릎을 꿇고 부복한 인영이 나타났다.

"부르셨습니까, 가주."

남자인지, 여자인지 알 수 없는 기괴한 목소리였다. 곡상천은 저도 모르게 인상을 찌푸리며 말했다.

"그 사진량이라는 자에 대해 알고 있는 게 있나?"

그동안 곡상천도 나름대로 사진량에 대해 조사를 해보았지만 성과가 많지 않았다. 개방에 은밀히 의뢰를 해보았지만 역시나 많은 것을 알아낼 수는 없었다. 전 중원에 널리 퍼져 있는 개방의 정보망을 이용했음에도 고작해야 이름과 나이, 그리고 함께하고 있는 일행의 구성 정도만 알아낼 수 있었을 뿐이었다.

"크, 크크, 그자와는 짧지만 인상적인 인연이 있었지요."

기괴한 웃음소리와 함께 어둠 속 인영이 조용히 말했다. 예상 밖의 말에 곡상천의 한쪽 눈썹이 꿈틀했다.

"인상적인 인연?"

어둠 속 인영은 곧바로 대답하지 않고 귀에 거슬리는 웃음을 터뜨렸다.

"크크크크크크……."

왈칵 인상을 찌푸린 곡상천이 살기를 일으키며 어둠 속 인영을 노려보았다. 곡상천의 분노를 억누를 음성이 조용히 흘러나왔다.

"지금 당장… 말하는 것이 좋을 거다."

살기 가득한 곡상천의 말에 그제야 어둠 속 인영은 기괴한 웃음을 멈추고 천천히 입을 열었다.

"혹 고독검협이라는 무명을 알고 계십니까, 철혈가주?"

어둠 속 인영의 뜬금없는 질문에 곡상천은 저도 모르게 살기를 거두며 대꾸했다.

"고독검협? 갑자기 그건 왜 묻는… 서, 설마?!"

순간 뇌리를 스치는 한 가지 가능성에 곡상천은 움찔 놀라며 어둠 속 인영을 쳐다보았다. 어둠 속 인영은 예의 기괴한 웃음을 흘리며 대답했다.

"크크크. 그렇습니다, 가주. 고독검협이 바로 그 사진량이라는 자입니다."

어둠 속 인영의 말에 곡상천은 놀란 얼굴로 고독검협에 대해 무림에 떠도는 소문을 떠올렸다.

단신으로 강남 무림을 혼란에 빠뜨린 마라천을 무너뜨리고 모습을 감춘 희대의 절정 고수.

그저 전설처럼 떠도는 무명이 바로 고독검협이었다. 부풀리기를 좋아하는 강호의 호사가들이 떠들어대는 것이라고만 생각했던 곡상천이었다. 그런데 어둠 속 인영의 말투는 소문이 사실이라고 말하는 것이었다.

"마라천은 네놈들과 관련이 있는 것이었나."

"그렇습니다. 무림에 잠입해 있던 저희의 분파였지요. 세력을 키워 무림을 혼란에 빠뜨리는 것이 그들의 임무였습니다. 처음에는 제대로 진행되었습니다만 아시다시피 고독검협의 손에 모든 것이 무너져 버렸지요."

"혼자서 마라천을 무너뜨렸다는 것은 헛소문이 아니었던 거로군."

"모두 사실입니다."

"흐으음."

곡상천은 나직이 한숨을 내쉬며 생각에 잠겼다. 이내 곡상천은 두 시진 넘게 고민하던 결정을 내릴 수 있었다. 곡상천은 가주지령대로 소집령에 응하기로 결정했다.

"가주지령을 따르시기로 결정하셨습니까?"

막 결정을 내린 찰나, 어둠 속 인영이 질문을 던졌다. 곡상천은 마뜩찮은 얼굴로 어둠 속 인영을 내려다보며 말했다.

"네놈이 상관할 바가 아니다. 어차피 이번에는 아무 도움도 주지 못한다고 하지 않았던가."

"그렇긴 합니다만… 아마도 재밌는 일이 벌어질 것이니 어느 정도의 병력과 함께 가시는 것이 좋을 듯합니다."

"재미있는 일?"

"제가 알려 드릴 수 있는 것은 여기까지입니다, 가주. 그럼 이만."

그대로 어둠 속 인영은 곡상천의 시야에서 사라져 버렸다. 곡상천은 이미 사라져 버린 어둠 속 인영이 있던 자리를 물끄러미 쳐다보며 나직이 중얼거렸다.

"도대체 무슨 일이 생긴다는 거지?"

*　　　*　　　*

"대체 어떻게 된 겁니까, 아가씨."

은규태는 흥분을 감추지 못하고 양지하에게 따지듯 질문을 던졌다. 가주지령으로 오대봉신가에 전한 대회합 준비와 관련된 서류를 검토하고 있던 양지하는 흘끔 고개를 들어 은규태를 쳐다보았다.

"무얼 말인가요?"

양지하의 싸늘한 물음에 은규태는 저도 모르게 버럭 소리쳤다.

"어째서 가주님을 찾아뵐 수 없는 겁니까? 며칠 전부터 탕약도 들이지 말라고 하셨다고 들었습니다. 게다가 사진량, 그자는 왜 자유로운 출입을 허락하신 겁니까?"

연이어 날아드는 질문에도 양지하는 눈 하나 깜짝하지 않았다. 다시 서류로 눈을 돌리며 양지하는 조용히 대답했다.

"당분간은 제 지시대로 해줘요. 중요한 일입니다. 아버지, 아니, 가주님의 상세를 호전시키기 위해 필요한 조치이니 불만 갖지 마세요, 은 총사."

"하지만 아가씨……!"

양지하의 싸늘한 음성에 은규태가 무어라 대꾸하려 했다. 순간 양지하가 날카로운 눈빛으로 은규태를 노려보았다.

"뭐 하시는 거죠? 가주 대리로서 제가 직접 결정한 일입니다. 따르지 않겠다는 건가요, 은 총사?"

"아, 아니, 그게 아니라."

"그게 아니면? 아버지를 뵈어야 하는 무슨 이유라도 있는 건가요?"

날카로운 비수처럼 날아드는 양지하의 말에 은규태는 저도 모르게 어깨를 움찔했다. 언제 죽음에 이를지 모르는 양지하의 눈빛에 은규태는 고개를 숙이는 수밖에 없었다.

"그저 가주의 용태가 걱정되어 그런 것입니다. 명대로 하겠습니다, 아가씨. 부디 화를 거두십시오."

"은 총사의 진심은 알겠어요. 하지만 이번 건에 대해선 앞으로 다시는 언급하지 마세요."

"명심하겠습니다."

은규태는 고개를 깊이 숙이며 대답했다. 그러곤 조용히 뒷걸음질로 물러났다. 자신의 집무실로 천천히 걸음을 옮기며 은규태는 속으로 중얼거렸다.

'도대체 무슨 속셈인 거지?'

"천뢰일가의 대회합이라……. 거기서 네놈은 역시 가주의 후계자 역할을 해야 하는 거겠지?"

남궁사혁이 물었다. 사진량은 대답 대신 가만히 고개를 끄덕였다. 남궁사혁은 흰 이를 드러내며 씨익 미소를 지었다.

"재미있겠군. 그 자리에 나도 함께할 수 있는 거냐?"

"글쎄. 가능할지 모르겠군."

"꼭 좀 부탁하자고, 처남. 그런 자리에 내가 빠질 수는 없는 노릇이지. 안 그러냐?"

"생각해 보지."

사진량의 대답에 남궁사혁은 천천히 몸을 일으켰다. 그러곤 얌전히 앉아 있는 오귀를 확 낚아챘다. 갑작스러운 남궁사혁의 행동에 화들짝 놀란 오귀가 저도 모르게 비명을 질렀다.

"우왁!"

"뭘 그리 놀라냐, 종복 놈아? 넌 나랑 할 일이 있으니까 잠깐 나갔다 오자고."

남궁사혁은 그대로 오귀를 질질 끌고 나가며 흘끗 사진량을 쳐다보았다. 눈을 마주친 사진량은 남궁사혁만 알아볼 수 있을 정도로 살짝 고개를 끄덕였다. 의미심장한 미소를 지으며 남궁사혁은 그대로 오귀와 함께 밖으로 나갔다. 어째 오귀가 끌려가는 꼴이 어쩐지 도살장에 끌려가는 소처럼 보였다.

"주, 주군 도대체 무슨 일입니까?"

남궁사혁의 손에 한참을 질질 끌려가던 오귀가 물었다. 남궁사혁은 말없이 자신의 방으로 들어가 문을 닫았다. 그러곤 주위에 누가 없나 세심히 확인한 후에야 조용히 입을 열었다.

"네놈에게 시킬 일이 있다. 아주 중요한 일이지."

얼굴에서 웃음기를 완전히 지운 진지한 얼굴의 남궁사혁이었다. 오귀는 저도 모르게 무릎을 꿇은 채 낮은 음성으로 물었다.

"어떤 일이든 하명하십시오, 주군."

전에 없이 진지한 남궁사혁의 태도에 오귀도 자못 진지해졌다. 남궁사혁의 입이 천천히 벌어졌다.

"개방의 정보력이 필요한 일이다. 가능하겠지?"

잠시 머뭇거리던 오귀가 대답했다.

"아마도 가능할 것입니다."

"'아마도'로는 안 된다. 확답이 필요해."

오귀는 가만히 남궁사혁을 바라보았다. 남궁사혁의 눈빛에 담긴 강인한 의지를 읽어낸 오귀는 굳은 얼굴로 조용히 말했다.

"천뢰일가 밖으로 나갈 수만 있으면 언제든 정보망을 이용할 수 있습니다."

"좋아. 출입에 관해선 미리 허가를 받아두었으니 아무 문제없을 거다."

"무엇을 조사해야 하는 겁니까?"

어느 정도 눈치를 챈 오귀가 조심스레 물었다. 남궁사혁은 단 한 마디로 짧게 대답했다.

"전부."

오귀는 휘둥그레 눈을 뜨며 반문했다.

"저, 전부 말입니까?"

"그래. 하나도 남김없이 전부 다 조사해라. 개방의 정보력을 총동원해야 할 거다. 특히나 주의해야 할 것은……"

남궁사혁은 말꼬리를 흐리며 천천히 오귀에게 다가가 귓속말을 속삭였다. 남궁사혁의 귓속말에 오귀의 눈이 터져 나갈 듯크게 떠졌다. 말을 마친 남궁사혁이 천천히 물러났다.

"며, 명심하겠습니다, 주군."

남궁사혁은 이내 여느 때와 마찬가지로 웃음기 섞인 건들거리는 얼굴로 돌아왔다. 씨익 미소를 지으며 남궁사혁은 오귀의 옆을 스쳐 지나며 어깨에 손을 얹었다.

"닷새 안에 만족스러울 만큼 정보를 수집해 와야 할 거야. 그럼 수고해라, 종복 놈아."

남궁사혁은 그대로 밖으로 나갔다. 방 안에 홀로 남은 오귀는 잠시 멍한 얼굴로 앉아 있다가 이내 벌떡 일어났다. 그러곤 후다닥 밖으로 달려 나가기 시작했다.

남궁사혁의 명령을 따르려면 한시도 지체할 수 없었다. 닷새 안에 제대로 일을 완수해 내지 못하면 남궁사혁이 자신에게 무슨 짓을 할지 모른다는 약간의 불안함이 더욱 걸음을 재촉하고 있었다.

하지만 남궁사혁의 명령을 온전히 완수하는 것이 자신에게도 큰 도움이 되리라는 것은 확신하고 있었다. 평소에는 아무 이유 없이 주먹질을 하고, 깊은 생각 없이 지내는 것처럼 보이는 남궁사혁이었지만, 항상 옆에 있는 오귀는 그의 본질을 꿰뚫고 있었다. 그러지 않았다면 종복을 자처하고, 계속 함께 있을 이유가 없었다.

'사부님께서 허락을 하셔야 할 텐데.'

오귀는 사부이자 개방 방주인 홍영의 얼굴을 떠올리며 속으로 나직이 중얼거렸다.

*   *   *

실로 오랜만의 연락이었다. 천뢰일가로 들어섰다는 것은 보고를 통해 알고 있기는 했지만, 실제로 오귀에게 연락이 온 것은 처음 있는 일이었다.

"망할 제자 놈 같으니라고. 첫 연락에 이런 어처구니없는 요구라니."

홍영은 서신을 내려놓으며 한탄하듯 중얼거렸다. 개방의 정보력을 총동원해 달라니. 어처구니가 없다 못해 아예 사라질 지경이었다. 제 발로 탈문이니 뭐니, 하며 뛰쳐나간 오귀가 아니었던가.

물론 홍영 자신도 노리는 바가 있어 오귀가 스스로 탈문했다는 것을 다른 방도들에게 알리지 않았다. 오귀가 개방의 힘이 아닌 자신만의 힘으로 오랜 무기력한 생활을 벗어나려 한 탓이었다.

그런데 갑자기 이런 무리한 요구를 해오다니.

홍영은 그저 길게 한숨을 내쉴 뿐이었다. 하지만 결론은 하나밖에 없었다. 아무리 무리한 요구라 해도 개방의 앞날을 위해서라면 어쩔 수 없었다.

개방의 모든 진전을 이어받은 유일한 후개(後丐) 오귀가 원하는 일이었다. 자칫 실수했다간 개방을 멸문에 이끌지도 모를 사안이었지만 개방의 미래, 오귀를 위해서라면 해내야만 했다.

"후우우… 오귀와 함께 있는 그를 믿어야 하는 거겠지. 부디 독이 든 잔이 아니길 바라는 수밖에……."

길게 한숨을 내쉬며 홍영은 사진량의 얼굴을 머릿속에 떠올렸다. 이내 홍영은 천천히 몸을 일으키며 소리쳐 방도들을 불렀다.

"밖에 누구 없느냐? 지금 당장 사결 이상의 방도들을 모두 소집해라!"

"옛! 아, 알겠습니다, 방주님!"

누군가의 커다란 대답과 함께 후다닥 달려 나가는 인기척이 느껴졌다. 홍영은 손을 뻗어 오귀의 서신을 삼매진화의 수법으로 불태우며 중얼거렸다.

"천뢰일가 전체의 뒷조사라……. 개방에 있어서도 대단한 도전이 되겠군그래."

*   *   *

"시간을 맞출 수 있을까?"

사진량의 질문에 남궁사혁은 가만히 고개를 끄덕였다.

"종복 놈이 장담한다고 했으니 가능할 거다. 그놈이 무공은 별 볼 일 없어도 그런 쪽으로는 탁월한 개방 출신이잖냐. 탈문이니 뭐니 했지만 저번에 보니까 개방 쪽에서는 딱히 신경 쓰는 것 같지도 않더만, 뭘."

"하긴 그렇겠군."

"그나저나… 왜 갑자기 그런 일을 시킨 거냐? 설마……."

남궁사혁은 뭔가 생각난 듯 눈을 부릅뜨며 사진량을 쳐다보았다. 사진량은 가만히 고개를 내저으며 말했다.

"아니. 확신은 없다. 하지만 혹시 모를 일이니……."

"흐음, 네 녀석도 그럴 때가 있구나?"

사진량의 말에 남궁사혁은 장난기 어린 눈빛을 한 채로 씨익 미소를 지었다. 사진량이 고개를 갸웃하며 물었다.

"무슨 소리냐?"

"뭔가 마음에 걸리긴 한데 그게 뭔지는 모르겠고. 그냥 무시하고 넘어가기에는 계속 마음에 걸리고. 뭐, 그런 거 아니냐?"

"그런가… 아니, 그럴지도 모르겠군."

사진량은 부정하지 않고 가만히 고개를 끄덕였다. 총사 은규태에 대해 마음에 걸리는 것이 도무지 가시지 않는 것은 사실이었으니.

"네놈도 의외로 평범한 구석이 있었구만. 거참, 세상 오래 살고 볼 일이네."

지금껏 보지 못한 새로운 모습을 발견한 남궁사혁은 피식 미소를 지으며 신기하다는 얼굴로 사진량을 쳐다보았다. 천천히 몸을 일으킨 남궁사혁은 사진량의 어깨를 툭툭 두드리며 말을 이었다.

"뭐, 그건 그렇다 치고. 오랜만에 비무 한 판 어떠냐? 요즘 너무 놀고먹기만 했더니 실전 감각이 무뎌질 것 같아서 말이다. 안 그래도 조만간 큰일이 한번 터질 예정이잖냐. 그러니까 진지하게 한 판 어때?"

"진지하게?"

"그럼. 비무가 진지해야지, 안 그럼 무슨 재미가 있겠냐?"

남궁사혁은 뭔가 비장의 수라도 있는 것인지 자신감 넘치는 얼굴로 씨익 미소를 지었다.

물끄러미 남궁사혁을 쳐다보던 사진량은 말없이 천천히 일어났다. 한쪽 구석에 놓인 자신의 검을 집어 든 사진량의 모습에 남궁사혁은 밖으로 걸음을 옮기며 말했다.

"뒤에 있는 비무장에서 보자고. 나도 검 가지고 금방 나갈 테니."

그대로 남궁사혁은 빠른 걸음으로 자신의 방으로 향했다. 사진량은 한 손에 검을 쥔 채, 천천히 비무장을 향해 걸음을 옮기기 시작했다.

잠시 후.

두 사람은 비무장에서 서로를 마주했다. 비무장은 가로 세로의 길이가 십오 장쯤 되고, 사방이 삼 장 높이의 두꺼운 벽으로 가로막혀 있었다. 출입구는 저택과 이어진 곳 하나밖에 없었다.

바닥의 포석은 단단한 바위를 깎아 만들어 쉽게 부서질 것 같지 않았다. 꽤나 넓고 튼튼한 데다 누군가 쉽게 엿볼 수 없는 구조라 두 사람이 마음껏 제 기량을 펼쳐도 될 것 같았다.

"이렇게 둘이 마주한 건 굉장히 오랜만인 것 같다. 안 그러냐?"

남궁사혁은 싱글거리며 말을 걸었다. 사진량은 말없이 가만히 남궁사혁을 응시했다. 남궁사혁은 천천히 비무장 주위를 둘러보며 말을 이었다.

"넓고 사람도 없으니 어디 한번 시원하게 날뛰어보자고, 크크큭!"

스르릉!

말을 마침과 동시에 남궁사혁은 미소를 지으며 천천히 검을 뽑아 들었다. 섬뜩한 금속성이 조용히 터져 나왔다. 입가에 미소를 띤 남궁사혁의 표정이 조금 달라졌다. 여느 때처럼 가볍기 만한 분위기가 아니었다. 얼굴에는 미소가 있었지만 남궁사혁 주위의 공기가 무겁게 내려앉았다.

슈아아악!

남궁사혁을 중심으로 돌풍이 생겨나 주위를 휘감았다. 머리칼이 휘날릴 정도로 강한 돌풍에도 사진량은 눈 하나 깜짝하지 않고 가만히 남궁사혁을 쳐다보았다. 자신감이 가득한 얼굴을 한 남궁사혁의 모습에 사진량은 입꼬리를 살짝 말아 올렸다.

"달라졌군."

"당연하지. 아무리 그래도 그동안 놀고만 있었겠냐?"

씨익 미소를 지으며 남궁사혁은 천천히 검을 들어 올려 기수식을 취했다. 남궁사혁은 내공을 끌어 올리며 차분히 사진량을 쳐다보았다. 사진량은 여전히 검을 뽑지도 않고 그저 평온한 자세로 서 있을 뿐이었다.

무방비한 모습의 사진량이었지만 조금의 빈틈도 보이지 않았다. 남궁사혁은 최대한 내공을 끌어 올려 암경을 내쏘며 사진량을 자극했다. 하지만 여전히 사진량은 꼼짝도 하지 않았다. 그저 무표정한 얼굴로 가만히 남궁사혁을 쳐다볼 뿐이었다.

남궁사혁의 눈에는 사진량이 마치 난공불락의 성벽과도 같아 보였다. 이전이었다면 남궁사혁은 공략할 방법을 찾아내지 못하고 막무가내로 달려들었다가 단숨에 당하고 말았을 것이다.

하지만 이번에는 달랐다.

남궁사혁은 어느새 입가의 미소를 지운 채 사뭇 진지한 얼굴로 공격해 들어가 빈틈을 탐색했다.

"뭐 하는 거냐? 계속 그렇게 멀뚱멀뚱 보고만 있을 거냐?"

한참을 그렇게 신중한 눈빛으로 자신을 탐색하는 남궁사혁의 모습에 사진량이 도발하듯 툭 말을 뱉어냈다. 평소라면 버럭 소리치며 흥분해 달려들었을 남궁사혁은 이번에는 차분한 얼굴로 대꾸했다.

"왜? 그렇게 급하면 네가 먼저 덤벼보지 그러냐."

남궁사혁의 말에 사진량은 피식 미소를 지으며 조용히 말했다.

"그러면……."

사진량은 말꼬리를 흐리며 동시에 검병을 움켜쥐고는 그대로 남궁사혁을 향해 몸을 날렸다.

스팟!

낮은 파공성과 함께 순식간에 사진량의 모습이 남궁사혁의 시야에서 사라졌다. 움찔하며 뒷걸음질 치는 남궁사혁의 귓가에 사진량의 나직한 음성이 들려왔다.

"내가 먼저 들어가도록 하지."

남궁사혁은 큰 대 자로 뻗은 채로 거친 숨을 몰아쉬었다. 바르르 손끝이 떨리기는 했지만, 꼼짝도 할 수 없었다.

"크하악! 허억!"

가슴을 빠르고 크게 들썩이며 숨을 몰아쉬는 남궁사혁의 눈에 자신을 내려다보고 있는 사진량의 모습이 보였다. 완전히 축 늘어진 남궁사혁과는 달리 사진량은 아무렇지도 않아보였다.

"많이 늘었군."

상처 하나 없는 사진량이었지만 옷깃이 여기저기 찢어져 있었다. 사진량의 말에 남궁사혁은 거친 숨을 몰아쉬는 와중에도 투덜거렸다.

"느, 늘긴, 하악! 개뿔이! 허억헉! 한 방도, 허억! 제대로 못, 헉헉! 맞췄구만. 크허억!"

"말을 하든, 숨을 쉬든 하나만 해라."

"크하악! 마, 망할 놈……!"

남궁사혁은 손가락 하나 꼼짝할 수 없는 상황에서도 계속 구시렁거렸다. 사진량은 어이없다는 듯 남궁사혁을 내려다보다가 이내 휙 돌아섰다.

"먼저 돌아가마."

사진량은 그대로 남궁사혁의 시야에서 사라졌다.

저벅, 저벅!

천천히 멀어져 가는 발소리만이 남궁사혁의 귓가에 들려올 뿐이었다. 사진량이 비무장에서 사라진 이후, 거의 일다경이 지난 후에야 남궁사혁은 간신히 몸을 일으킬 수 있었다. 부들부들 떨리는 두 팔로 바닥을 지탱해 상체를 일으켜 앉은 남궁사혁은 길게 한숨을 내쉬었다.

"후우… 자식이 적당할 줄을 모른다니까. 으으, 온몸이 다 뻐근하네."

뼈마디가 어긋나기라도 한 듯 조금씩 움직일 때마다 우득거리는 소리가 몸속에서 들려왔다. 남궁사혁은 상체를 일으킨 후에도 그 자리에 한참이나 주저앉아 있었다.

사실 어느 정도 자신감을 갖고 사진량과의 비무에 나선 남궁사혁이었다. 이길 자신이 아니라, 어느 정도 공격을 성공시킬 수 있다는 자신감이었다. 그동안의 숱한 경험으로 사진량이 지닌 무공의 특성을 어느 정도 알게 된 덕이었다.

적어도 유효타 몇 대는 맞출 수 있을 줄 알았다.

하지만 꼼짝없이 당하고 말았다. 날카롭게 들어간 공격은 사진량의 옷깃만 찢어놓았을 뿐이었다. 반면 자신은 한참이나 제대로 움직일 수 없을 정도로 엉망이 되었다.

남궁사혁은 길게 한숨을 내쉬며 가부좌를 틀고 앉아 조용히 운기조식을 시작했다. 반각 정도 시간이 지나자 남궁사혁의 몸에서 아지랑이 같은 기운이 피어오르기 시작했다.

슈우우……!

아지랑이 같은 기운은 어느새 짙은 안개가 되어 남궁사혁의 주위를 감쌌다. 시간이 좀 더 지나자 주위 가득한 기운이 남궁사혁의 코를 타고 몸속으로 빠르게 빨려 들어갔다.

사진량과의 비무로 인해 텅 빈 하단전이 순식간에 회복된 내공으로 가득 찼다. 남궁사혁은 낮은 숨을 토해내며 천천히 눈을 떴다.

"후우우… 이제야 좀 살 것 같네."

내공이 차오르며 부어오른 근육과 어긋난 뼈마디가 저절로 회복되었다. 아직 미세한 통증이 남아 있기는 했지만 움직이는 데는 아무런 지장도 없었다.

남궁사혁은 그 자리에서 벌떡 일어나 천천히 주위를 둘러보았다. 한쪽 구석에 깊이 박혀 있는 자신의 검이 보였다.

비무장 가장자리의 커다란 포석에 검병만 보일 정도로 깊이 박혀 있었다. 천천히 다가간 남궁사혁은 검병을 쥐고 힘을 줬다.

카라랑!

낮은 금속성과 함께 깊이 박힌 검이 쑥 뽑혀 나왔다. 남궁사혁은 검면에 가득한 돌가루를 허공에 툭 털어내고는 검갑으로 회수하려고 했다. 순간 남궁사혁의 눈에 검첨에 묻어 있는 작은 핏자국이 보였다.

"어라? 이건……"

돌가루에 섞여 쓸려 나가긴 했지만 확실히 핏자국이었다. 남궁사혁은 저도 모르게 피식 미소를 지었다.

"하, 하하… 그래도 살짝 스치긴 했나 보네."

이내 검을 회수한 남궁사혁은 천천히 비무장을 벗어나기 시작했다. 다음에는 반드시 사진량에게 제대로 된 일격을 먹여주겠다는 굳은 결심을 하면서.

　방주인 홍영의 이름으로 개방의 총동원령이 내려졌다. 오백여 년이 넘는 개방의 역사에서 총동원령이 내려진 것은 그리 많지 않았다.

　마교의 발호로 인한 무림의 대혼란.

　무림을 양분했던 지난 몇 번의 정사대전.

　무림을 괴멸 직전까지 몰아갔던 새외의 마도 세력의 발호.

　그 밖에 무림이 큰 위기에 처했을 때에 발동되었던 것이 개방의 총동원령이었다.

　하지만 지금은 실체적인 위기 상황이 아니었다. 소림과 화산을 거의 봉문에 이르게 만든 마도의 준동 때문에 정사연합무맹이 탄생하기는 했지만, 그 이후 이렇다 할 큰 사건이 벌어지지 않고 있었다.

　이상한 일이었다.

　철저한 감시 체계를 마련해 무슨 일이 생기면 바로 달려갈 수 있도록 연합 무맹에서 대비를 하긴 했지만, 조용해도 너무 조용했다. 소림과 화산에서의 사건 이후, 마도는 그 목표를 다 이루었다는 듯 흔적을 완전히 감춰 버렸다.

　그 덕분에 연합 무맹의 감시 체계의 주축이었던 개방이 다른 일로 인해 한시적이나마 총동원령을 내릴 수 있게 된 것이다. 홍영은 중원 전역에서 밀려들어 반 시진 단위로 갱신되는 정보를 중요한 부분만 추려내고 있었다.

워낙에 방대한 정보가 쏟아져 들어오는 터라 정리를 하고 알짜 정보를 추려내는 것만 해도 어마어마한 시간이 소요되었다. 하지만 홍영은 다른 개방도에게 그것을 맡기지 않고 자신이 직접하고 있었다.

홍영에게 필요한 정보가 어떤 것인지 개방도가 알지 못하게 하기 위함이었다. 홍영이 총동원령을 내린 이유를 알고 있는 것은 개방 내에서도 극소수에 불과했다.

천뢰일가의 내부 조사.

만약 그것이 외부로 알려진다면 개방이 멸문에 가까운 위기를 겪게 될지도 모른다.

새외의 마도 세력이 무림에 침습하는 것을 수백 년 동안 막고 있는 북방의 철벽, 천뢰일가. 그 이름은 무림의 전설과도 같은 것이었다. 무림에는 일체 간섭을 하지 않으면서도 마도의 위협으로부터 무림을 보호하는, 그야말로 수호신 같은 존재가 바로 천뢰일가였다.

누구도 함부로 할 수도, 함부로 해서는 안 될 천뢰일가의 뒷조사를 한다는 것은 금기를 깨는 것과도 마찬가지였다. 그만큼 외부에 알려지지 않게 조심해야 했다.

때문에 홍영은 총동원령을 내리면서도 자신이 신뢰하는 육

결 이상의 방도 소수에게만 사실을 알렸다. 총동원령의 이유가 천뢰일가 내부 인물의 뒷조사를 위함이라는 것을 알고 있는 것은 홍영을 비롯해 모두 다섯밖에 없었다. 홍영과 함께 선대 방주에게 무공을 배운 사제들로, 다들 개방의 요직에 있는 자들이었다.

그들 외에는 철저히 계획적으로 분산된 임무를 통해 진짜 목적을 알 수 없게 만들었다. 시시각각 중원 전역에서 밀려드는 정보를 통합, 정리하는 과정을 거쳐야만 천뢰일가를 조사하고 있다는 것을 알 수 있다. 그 과정을 홍영 자신이 직접 맡음으로서 비밀을 유지할 수 있는 것이었다.

"후우… 아무래도 좀 쉬어야겠군."

자신의 앞에 쌓여 있는 방대한 자료를 검토하고 있던 홍영은 뻑뻑해진 눈을 비비며 중얼거렸다. 벌써 사흘째, 홍영은 한숨도 자지 못하고 자료를 검토하고 있었다. 내공으로 피로를 풀고는 있었지만, 작은 글씨가 뻑뻑하게 쓰여 있는 서류를 쉬지 않고 보느라 정신적 피로가 상당했다.

하지만 그런 덕분에 상당히 중요한 자료 몇 가지를 추려낼 수 있었다. 그것이 오귀에게 필요한 것인지는 지금 상황에서 알 수 없었지만.

같은 자세로 오래 있었던 탓에 몸이 굳어 홍영은 목을 이리저리 흔들며 굳은 근육을 풀었다. 길게 기지개를 켜자 뿌드득,

하는 소리가 들려왔다.

"에잉! 망할 제자 놈 때문에 이게 무슨 고생이야? 쯧! 나중에 돌아오기만 해봐라. 그냥 확!"

탈문이 어쩌고 할 때의 오귀를 떠올린 홍영은 저도 모르게 주먹을 꽉 움켜쥐었다. 눈앞에 있었다면 머리통을 한 대 후려갈겼을지도 모를 일이었다.

"방주! 후속 정보가 도착했습니다."

제대로 쉴 틈도 없이 새로운 정보가 도착했다. 홍영은 저도 모르게 나직이 한숨을 내쉬며 입을 열었다.

"가져오게나."

이내 문이 활짝 열리고 두툼한 종이 뭉치를 들고 있는 개방도가 안으로 들어왔다. 홍영에게 다가온 개방도는 좌우에 가득 쌓여 있는 서류를 번갈아 쳐다보며 물었다.

"이건 어디 두면 됩니까, 방주님?"

홍영은 서류 하나를 검토하며 보지도 않고 자신의 왼쪽을 가리켰다.

"거기 쌓아두고 가게나."

"예, 방주님."

조심스레 서류를 쌓아 올린 개방도가 꾸벅 고개를 숙인 후, 밖으로 나갔다. 홍영은 흘끗 새로 쌓아 놓은 서류의 양을 보고서는 저도 모르게 한숨을 푹 내쉬었다.

"하아아, 이게 뭔 고생인지……."

*　　　　*　　　　*

오귀는 사람들이 오가는 시전을 지나고 있었다. 천뢰일가의 본가가 있는 곳을 중심으로 사람들이 모여 큰 마을을 이루고 있었다. 새외에 가까운 위치이지만 사람들이 많이 모인 탓에 시전의 규모도 상당했다.

"지금부터 두 시진 동안 무조건 반값 땡처리입니다! 어서 오세요!"

"고급 당혜(唐鞋) 팝니다. 거기 아가씨, 이거 참 잘 어울릴 것 같은데 보고 가세요. 싸게 드릴게, 싸게!"

지나는 사람들에게 호객 행위를 하는 상인들의 외침을 들으며 오귀는 부지런히 걸음을 옮겼다. 수많은 사람이 모여 있는 시전이라 그런지 간간히 구걸을 하고 있는 거지들의 모습도 보였다. 허리춤에 매듭이 묶여 있는 것으로 보아 개방도임에 틀림없었다.

하지만 오귀는 시전에서 구걸을 하고 있는 개방도에게는 전혀 눈길을 주지 않고 부지런히 걸음을 옮겨갔다. 어느새 길게 이어진 시전을 빠져나온 오귀는 마을 외곽에 위치한 작은 관제묘로 향했다.

관제묘.

군신(軍神), 무신(武神)으로 숭앙받다가 현재는 재신(財神)으로 모시는 삼국시대의 명장, 관우의 위패를 모신 사당이다. 중원 전국에 크고 작은 관제묘가 있는 터라, 비바람을 피해 개방의 거지들이 주로 모이는 곳이기도 했다. 때문에 일반인에게는 관제묘가 곧 거지 소굴이나 다름없었다.

"누가 오는 것 같습니다, 분타주님."

본래 구파일방이나 천뢰일가 같은 무림의 거대 세력이 있는 곳에는 개방의 분타를 설치하지 않는 것이 무림 방파 간의 암묵적인 약속이었다. 하지만 개방에서는 암암리에 분타를 두고 있었고, 각 문파들도 크게 문제를 일으키지 않는 한 개방의 월권을 눈감아주고 있었다.

천뢰일가야 워낙에 무림의 사정에는 관심이 없는 터라, 자신의 영역에 개방의 분타가 있다는 것을 조금도 신경 쓰지 않고 있었다.

"응? 이 시간에 누가 온다는 거냐? 일하러 나간 놈들이 돌아오려면 아직 멀었잖냐?"

잘 마른 지푸라기를 깔아 폭신한 자리에 누워 볼록한 배를 벅벅 긁고 있는 중년 사내가 물었다. 방금 밖을 내다보며 소리친 개방도가 대답했다.

"저희 분타 사람은 아닌 것 같습니다. 근데 개방도 같아 보이긴 합니다. 복장은 깔끔한데 허리춤에 매듭이 있네요. 어디 보자… 하나, 둘……."

평소 눈이 밝아 왕눈이라 불리는 개방도가 멀리서 곧장 관제묘로 다가오는 인영을 자세히 살폈다. 옷차림은 거지답지 않게 깔끔했지만 허리춤의 매듭이 다가오는 인영이 개방도라는 것을 알려주었다.

눈을 크게 뜨고 다가오는 인영의 허리춤에 매인 매듭의 숫자를 확인하던 왕눈이의 눈이 휘둥그레 치켜떠졌다.

"부, 부, 분타주님!"

분타주는 당황한 음성으로 자신을 부르는 왕눈이의 외침에 나른해하는 얼굴로 하품을 하며 인상을 살짝 찌푸렸다.

"왜? 뭐가 이리 시끄러? 뭔지 몰라도 그냥 알아서 처리해라. 으하아암."

"그, 그게 아니라……!"

"아뇨, 도대체 뭔데?"

분타주는 짜증 가득한 얼굴로 벌떡 일어나 앉았다. 왕눈이가 평소의 두 배는 넘게 커진 눈으로 분타주를 쳐다보며 더듬더듬 말했다.

"오, 오결… 오결입니다. 지, 지금 오는 방도가 오결이라고요!"

"뭐?"

오귀는 저도 모르게 나직이 한숨을 내쉬었다. 손금이 닳아 없어질 정도로 손바닥을 비비며 비굴한 표정을 짓고 있는 분타주 때문이었다.

"헤헤헤, 소방주께서 직접 이렇게 외진 곳의 분타를 찾아 주시다니. 미리 연락을 주셨으면 성대한 연회를 준비했을 텐데……."

"……."

오귀는 아무런 대꾸도 하지 않고 물끄러미 분타주를 쳐다보았다. 분타주는 여전히 간사한 미소를 지으며 말을 이었다.

"부족하게나마 금방 식사 거리를 준비하겠습니다. 잠시만 기다려 주십시오, 헤헤헤."

도저히 보다 못한 오귀가 왈칵 인상을 찌푸리며 지금껏 남궁사혁에게 억눌려 왔던 온갖 성질을 한꺼번에 폭발시켰다.

"아오, 썅! 그냥 좀 닥치고 있으쇼. 거, 그냥 조용히 있다가 가려고 했는데 도저히 못 봐주겠구만."

"그, 그게 무슨……?"

오귀가 버럭 소리치자 분타주는 움찔하며 돌처럼 굳은 얼굴로 말을 더듬었다. 오귀는 비굴하기 짝이 없는 분타주의 모습에 절로 주먹을 그러쥐었다.

"때려눕히고 싶은 걸 참고 있는 거니까 앞으로 내 눈에 띄지 마쇼."

"그, 그건……!"

분타주의 낯빛이 순식간에 창백하게 변했다. 오귀는 더 이상 분타주를 보지 않고 소리쳤다.

"여기 분타주 바로 아래가 누구요?"

"저, 접니다만……."

호리호리한 인상의 중년 거지가 머뭇거리며 다가왔다. 오귀는 호리호리한 중년 거지에게 말했다.

"오늘부터 그쪽이 분타주 하쇼. 총타에는 내가 연락해 두겠수다."

"헉! 그, 그런……!"

막 분타주가 된 중년 거지가 화들짝 놀라며 소리쳤다. 전임 분타주는 한마디 항변도 못 한 채, 귀신처럼 비틀거리며 한쪽 구석에 주저앉았다. 오귀는 상대가 놀라든 말든 신경 쓰지 않고 용건을 말했다.

"분타 서열 정리는 알아서 하고, 총타에서 무슨 기밀 연락 온 거 없었소?"

"초, 총타에서 말입니까?"

오귀의 질문에 신임 분타주가 되물었다. 오귀는 고개를 끄덕이며 대답했다.

"늦어도 오늘까지 받아봐야 할 문서가 있소. 그런데 아직 안

왔나 보군."

"총타에서 그런 연락은 없었습니다만… 혹 최근 총동원령이 내려진 것과 관련 있는 것입니까?"

오귀는 대답 대신 고개를 끄덕였다. 신임 분타주는 이내 입을 열었다.

"총타에서 소식이 오면 바로 알려 드리겠습니다. 지금 머무시는 곳이 어디신지……?"

"……."

오귀는 바로 대답하지 않고 잠깐 생각에 잠겼다. 이대로 빈손으로 돌아간다면 남궁사혁에게 무슨 소리를 들을지 모르는 일이었다. 아니, 남궁사혁이 절대 말로 끝낼 리가 없었다. 개방 역사상 최고의 무재를 지닌 소방주라는 평가를 받았던 오귀였지만, 남궁사혁은 도무지 당해낼 수 없었다.

사진량 일행에 합류한 이후, 개방에서의 나태함은 온데간데 없이 사라져, 일행이 보지 않는 곳에서 수련을 계속해 온 오귀였다.

이전에 비해 무공이 월등하게 발전하기는 했지만 남궁사혁에게는 상대가 되지 않았다. 일전에 남궁사혁에게 진지하게 비무를 청해본 적이 있었다.

"크큭! 십 초를 버티면 종복이 아니라 동생으로 삼아주마."

남궁사혁은 그렇게 말했다. 그리고 오귀는 채 십 초를 넘기 전에 바닥에 드러누워야 했다.

그런 남궁사혁의 주먹은 너무… 아팠다.

한 대 한 대가 뼛골을 울릴 정도로 엄청난 통증을 전해주었다. 희한한 것은 그렇게 심한 통증이 오는데도 뼈가 부러진 적은 단 한 번도 없었다는 것이다. 남궁사혁의 주먹질을 생각만 하면 절로 오금이 저리는 오귀였다.

이대로 아무런 성과 없이 돌아간다면 남궁사혁의 주먹질을 예약한 것이나 마찬가지였다. 오귀는 갑작스러운 오한에 저도 모르게 어깨를 부르르 떨었다.

"소방주?"

오귀가 갑자기 몸을 떨자 분타주가 고개를 갸웃했다. 퍼뜩 남궁사혁에 대한 생각을 떨쳐 버린 오귀가 조용히 입을 열었다.

"오늘 중으로 소식이 올 테니 여기서 기다리도록 하겠소."

남궁사혁은 검지로 탁자를 탁탁, 두드리며 인상을 쓰고 있었다. 시간은 이미 날짜가 바뀔 무렵인 자시(子時: 23시~1시) 초였다.

"이 종복 놈이 간이 배 밖으로 나왔나? 오늘 중에는 꼭 마무리할 거라고 호언장담을 하더니만······. 하여간에 도움이 안 돼요, 도움이."

남궁사혁은 짜증 가득한 얼굴로 구시렁대며 주먹을 그러쥐었다 폈다를 반복했다. 오귀를 보면 당장에라도 면상에 주먹을 날려 버릴 것 같았다.

스파팍!

그때였다. 빠른 속도로 다가오는 인기척이 느껴졌다. 오귀의 발소리라는 것을 금방 알아챈 남궁사혁은 양손으로 턱을 괴고 앉아 가만히 오귀가 도착하기를 기다렸다.

"주구우운—!"

이내 오귀의 목소리가 복도 저 너머에서부터 들려왔다. 오귀는 그대로 벌컥 문을 열고 안으로 뛰어들었다. 반사적으로 벌떡 일어난 남궁사혁이 주먹을 꽉 그러쥐고 오귀를 향해 뻗어냈다.

턱!

남궁사혁의 주먹은 방 안으로 뛰어들자마자 바로 부복한 오귀의 머리끝을 아슬아슬하게 스쳐 지났다. 오귀는 그대로 납작 엎드리며 소리쳤다.

"아직 오늘이 지나지 않았으니 약속은 지킨 겁니다, 주군!"

의도치 않게 헛손질을 한 남궁사혁은 멋쩍은 듯 헛기침을 하며 뻗어낸 주먹을 회수했다.

"커험험! 뭐, 생각보다 많이 늦었지만 그냥 너그러이 넘어가 주마. 그나저나 제대로 건진 건 있었냐?"

남궁사혁의 질문에 오귀는 품속에 갈무리한 서류 뭉치를 꺼내 들었다. 제법 두툼해 뵈는 서류 뭉치였다.

"여기 있습니다. 내용은 직접 확인해 보십시오, 주군."

"넌 안 봤냐?"

봉인도 뜯어지지 않은 서류 뭉치를 받아든 남궁사혁이 물었다. 오귀는 고개를 깊이 숙이며 과장된 어투로 대답했다.

"제가 어찌 주군께서 보셔야 할 것을 먼저 볼 수 있겠습니까."

"이럴 때보면 자식이 눈치 하난 빠르다니까. 기한 맞추느라 수고했다. 오늘은 이만 가서 푹 쉬어라. 이건 내가 검토해 볼 테니."

남궁사혁은 씨익 미소를 지으며 격려하듯 오귀의 어깨를 툭툭 두드렸다. 이내 남궁사혁은 탁자에 서류 뭉치를 내려놓고 자리에 앉았다. 흘끔 눈치를 살피던 오귀는 이내 조심스레 몸을 일으켰다.

"그럼 저는 물러가 보겠습니다."

남궁사혁은 대꾸하지 않고 나가보라는 듯 손짓했다. 오귀는 혹시나 남궁사혁이 자신을 불러 세울까 싶어 빠른 뒷걸음질로 물러났다. 방 안에 혼자 남은 남궁사혁은 탁자에 내려놓은 서류 뭉치를 가만히 쳐다보았다.

분량이 꽤 많아 보여서 다 살펴보는 데 상당한 시간이 걸릴 것 같았다. 남궁사혁은 나직이 한숨을 내쉬며 손을 뻗어 서류 뭉치의 봉인을 뜯어내기 시작했다.

찌익! 찍!

작은 글자가 빽빽하게 쓰여 있는 종이 이백여 장이 눈에 들어왔다. 남궁사혁은 문무를 겸비해야 한다는 어른들의 채근에 사서삼경(四書三經)을 억지로 읽어야 했던 어린 시절을 떠올리며 길게 한숨을 푹 내쉬었다.

"후우우, 친구 한 놈 때문에 이게 뭔 고생이냐? 그래도 뭐, 이게 다 양 소저에게 도움이 되는 일이니……."

남궁사혁은 서류의 맨 위 장을 집어 들며 양지하의 얼굴을 떠올렸다. 저도 모르게 히죽 미소를 지으며 남궁사혁은 천천히 서류를 검토하기 시작했다.

늦은 밤, 아니, 이른 새벽이었다.

갑작스레 밀려온 먹구름에 달도, 별도 모습을 감춰 짙은 어둠이 내려앉아 있었다.

쿠르릉!

하늘을 가득 뒤덮은 시커먼 먹구름이 낮은 뇌성을 토해내기 시작했다. 금방이라도 비가 쏟아져 내릴 것 같았다. 반쯤 열린 창으로 꺼져가는 희미한 등불의 빛이 밖으로 새어 나왔다.

방 안에는 사진량이 눈을 감은 채 침상 위에서 가부좌를 틀고 앉아 있었다.

"후우우우."

벌써 세 시진이 넘게 그 자리에서 꼼짝도 하지 않던 사진량은 갑자기 길게 숨을 내쉬며 천천히 눈을 떴다. 허겁지겁 다가오는 인기척을 느낀 탓이었다. 사진량은 가부좌를 풀며 천천히 몸을 일으켰다.

쿠르릉!

시커먼 하늘이 다시 한 번 낮은 뇌성을 뱉어냈다. 사진량은 창을 닫고 꺼져가는 등불에 불씨를 살렸다.

화르륵!

심지를 바꾸고 내공으로 불길을 일으키자 방 안이 환하게 밝아졌다. 사진량은 등불을 탁자 위에 내려놓고 의자에 앉았다.

"자냐?!"

남궁사혁이 버럭 소리치며 문을 활짝 열었다. 사진량은 가만히 남궁사혁을 바라보며 조용히 말했다.

"늦은 시간이다. 조용히 얘기해라."

"인마, 네가 이걸 못 봐서 그래. 보고 나면 나처럼 놀라 나자빠질걸?"

남궁사혁은 문을 닫고 사진량에게 다가가며 손에 들고 있는 서류를 불쑥 내밀었다. 사진량은 흘끔 서류를 쳐다본 후, 남궁사혁에게로 고개를 돌렸다.

"이게 뭐냐?"

"일전에 네 녀석이 부탁했던 자료다. 분량이 꽤 많아서 검토하는 데 시간이 좀 많이 걸렸다. 네가 꼭 봐야 할 부분만 가져왔으니까 한번 읽어봐라, 짜식아."

사진량은 그제야 손을 뻗어 서류를 받아 들었다. 급하게 달려오느라 구겨진 것을 펼치자 빼곡하게 쓰인 작은 글자들이 보였다. 사진량이 서류를 받아 들자 남궁사혁은 맞은편에 앉으며 팔짱을 끼고 기다렸다.

"후우, 역시나 내 예감이 맞았던 건가……?"

잠시 후, 사진량이 나직이 한숨을 내쉬며 중얼거렸다. 고개를 들자 남궁사혁이 자못 진지한 표정으로 말했다.

"도대체 어떻게 안 거냐? 마공을 익힌 자라면 모를까, 무공과는 아예 담 쌓은 자던데……."

마공을 감지하는 능력은 사진량을 따라올 자가 없었다. 어째서인지 이유는 알 수 없지만, 아무리 미약한 마공의 흔적이라도 사진량은 누구보다 빠르고 정확하게 감지할 수 있었다. 때문에 마공을 익힌 인물이 천뢰일가에 잠입해 있다면 사진량은 금방 알 수 있었을 것이다.

"모르겠다. 그저 막연한 이질감이 조금 느껴졌을 뿐."

남궁사혁의 질문에 사진량은 그저 그렇게 대답할 수밖에 없었다. 자신도 어째서인지 알 수 없는 일이었으니.

하지만 막연한 불안함이 사실도 드러났으니 대비를 해야 했다. 며칠 후면 오대봉신가의 가주들이 한자리에 모이는 천뢰일가 대회합이 있을 예정이었다. 천뢰일가를 크게 흔들 수 있는 절호의 기회를 그냥 흘려 넘기지는 않을 것이다.

"그럼 어떻게 할 거냐?"

"글쎄… 당장 손을 쓸 수는 없으니, 먼저 움직이기 전까지 예의주시하는 수밖에……."

사진량의 말에 남궁사혁은 천천히 일어나며 음산한 미소를 지었다. 남궁사혁은 수도로 자신의 목을 자르는 시늉을 하며 말했다.

"에이, 그냥 조용히 찾아가서 쓱삭! 해버리면 해결되지 않겠냐? 정 네가 하기 싫으면 내가 다녀오마."

"그만둬라. 괜히 일만 더 복잡해질 거다."

사진량은 고개를 내저으며 남궁사혁을 막았다. 남궁사혁은 아쉬움 가득한 얼굴로 다시 자리에 앉았다.

"하여간 생각만 많아가지고. 예전에도 그랬지만 뭘 그리 재고 따지고 복잡한 거냐? 어떨 땐 그냥 생각 없이 지르는 게 제일 빠른 해결책이 될 수도 있는 거라고."

남궁사혁이 하는 말치고는 꽤나 설득력이 있었다. 하지만 상대가 상대이니만큼 그렇게 간단히 해결할 수 있는 문제가 아니었다. 경솔하게 일을 벌였다가 오히려 역풍을 맞을 수도 있는 일이었으니.

"일리 있는 말이긴 하지만 지금은 아닌 것 같군."

사진량은 탁자에 내려놓은 서류를 흘깃 쳐다보며 나직이 중얼거렸다. 남궁사혁은 한숨을 푹 내쉬며 고개를 절레절레 흔들었다.

"하아, 굳이 어려운 길로 돌아가겠다는 거냐? 미련한 녀석 같으니라고."

남궁사혁은 타박하듯 사진량을 쳐다보았다. 퉁명스러운 말투였지만 사진량을 걱정하는 진심이 전해졌다. 사진량은 피식 미소를 지으며 말했다.

"왜? 내가 걱정되는 건가?"

그 말에 남궁사혁의 얼굴이 왈칵 구겨졌다.

"걱정은 개뿔! 네놈 따위에 뭔 일이 터져도 알아서 잘 하겠지만, 양 소저가 걱정이라 그런다! 에라이! 자기밖에 모르는 이기적인 자식아! 아무리 그래도 네 누이동생인데 걱정도 안 되는 거냐? 매정한 자식 같으니라고."

남궁사혁은 눈에 쌍심지를 켜고 사진량을 쳐다보며 버럭 소리쳤다. 마치 기다렸다는 듯 먹구름 가득한 하늘이 커다란 뇌성을 토해냈다.

콰르릉! 콰쾅!

닫힌 창틈으로 내리치는 벼락의 번쩍임이 전해졌다. 사진량은 눈 하나 깜짝하지 않고 남궁사혁을 가만히 쳐다보았다.

이내 사진량의 입이 천천히 벌어졌다.

"그쪽은 굳이 내가 걱정할 필요 없지 않나?"

"웅? 그건 또 무슨 소리냐?"

남궁사혁은 고개를 갸웃했다. 사진량은 살짝 입꼬리를 말아올리며 대답했다.

"네가 목숨 걸고 지켜주겠다고 하지 않았던가?"

순간 남궁사혁은 뒷머리를 한 대 얻어맞은 것 같은 얼굴로 사진량을 쳐다보았다. 그러다 갑자기 너털웃음을 터뜨리며 사진량의 등을 팡팡 두드렸다.

"으하하! 그래. 나만 믿으라고. 양 소저는 내가 지킬 테니까."

사진량은 별다른 대꾸 없이 가만히 고개를 끄덕였다. 문득 탁자에 놓인 서류에 쓰여 있는 글자 중 가장 큰 세 글자가 사진량의 눈에 들어왔다.

은규태

第四章

대회합에서 생긴 일

　천뢰일가의 가솔들은 전에 없이 바쁘게 움직이고 있었다.
가주인 양기뢰가 쓰러진 이후, 처음으로 치러지는 대회합 때
문이었다. 천뢰일가를 지탱하는 다섯 개의 기둥, 오대봉신가의
가주들이 한자리에 모이는 회합인 만큼 신경 써야 할 일이 산
더미였다.

　외부의 세력이 혹시라도 끼어들지 않을까 경계도 철저히 해
야 하고, 회합이 진행되는 사흘간 가주들이 머물 곳과 연회도
준비해야 했다. 봉신가의 가주들이 각자 수행원을 포함해 오십
여 명이 함께이니 필요한 물자의 양이 어마어마했다.

때문에 천뢰일가 근처의 시전은 때아닌 엄청난 호황을 누리고 있었다. 연일 밀려드는 물자가 동이 나 문을 닫은 가게도 즐비했다.

"이보시오. 왜 물건을 팔 수 없다는 거요? 저기 쌓여 있는 건 다 뭐란 말이오?"

"에헤이! 이건 다 미리 예약받은 거라고 몇 번을 말해야 알아먹을 테요? 이미 열흘 전에 다 판매가 끝난 거란 말이오."

"아무리 그래도 그렇지. 내가 많이 달라는 것도 아니고, 딱 한 주먹 정도만 달라는 거 아니오. 내 돈은 달라는 대로 줄 테니 좀 주시구랴."

"어허! 안 된다니까 왜 자꾸 그러는 게요. 아무리 내 돈밖에 모르는 장사치라지만, 고객과의 신뢰를 저버릴 수는 없는 노릇이오. 절대로 안 되니 다른 데 가서 알아보시구려!"

가게 주인은 고개를 절레절레 흔들며 빨리 나가라는 듯 손짓했다. 벌써 일각이 넘도록 흥정을 해봤지만 요지부동인 가게 주인의 말에 중년 사내는 어깨를 축 늘어뜨린 채 가게를 나섰다.

천뢰일가가 대회합을 선언한 이후, 근처의 시전에서 매일같이 벌어지고 있는 일이었다. 상인들은 일반 판매까지 가능하도록 사력을 다해 물량을 확보하려 했지만, 워낙에 외진 곳이라 대량의 물품을 확보하기 어려웠다.

하지만 천뢰일가에서 미리 상당한 물량을 예약하는 바람에 확보된 물품을 대부분 천뢰일가로 보내는 중이었다. 그 때문에 불만을 가진 사람이 생겨날 법도 하지만 그리 많지 않았다. 천뢰일가가 지닌 무력 때문이기도 했지만, 평소 주위에 많은 것을 베풀어온 탓이었다.

게다가 갑작스러운 대회합으로 인한 일시적인 현상이라 다들 어느 정도의 불편함을 감수하고 있었다. 가끔씩 시전 상인들에게 행패를 부리는 사람들도 있긴 했지만, 대부분 주위의 도움으로 쉽게 진압되었다.

"이거야, 참. 난리로구만."

오랜만에 천뢰일가 밖으로 나온 남궁사혁은 소란스러운 주위를 둘러보며 중얼거렸다. 남궁사혁은 뒷짐을 진 채 느긋한 걸음으로 사람들이 오가는 시전 골목을 지나고 있었다.

"이쪽입니다, 주군."

앞장서서 걸음을 옮기던 오귀가 한쪽 방향을 가리켰다. 남궁사혁은 오귀가 이끄는 대로 걸음을 옮기기 시작했다. 이내 두 사람은 길게 이어진 시전 골목을 빠져나갔다. 등 뒤에서 떠들어대는 사람들의 음성을 들으며 두 사람은 부지런히 걸음을 옮겨갔다.

"아직 멀었냐?"

인파가 드문 마을 외곽을 지날 즈음에 남궁사혁이 조용히 물었다. 오귀는 흘끔 고개를 돌려 남궁사혁을 쳐다보며 대답했다.

"조금만 더 가시면 됩니다. 아시다시피 원래 이 근방에는 개방 분타가 있어서는 안 되지 않습니까. 그러다 보니 사람들이 잘 오지 않는 곳에 분타를 마련할 수밖에 없었을 겁니다."

"그래서 얼마나 더 가야 하는데?"

"한 식경 정도만 더 가면 됩니다, 주군."

"에이, 귀찮아 죽겠네. 그래도 양 소저를 위해서라면 어쩔 수 없는 일이지. 좀 더 서두르자 종복 놈아."

"넵!"

짧은 대답과 함께 오귀는 걸음을 더욱 빨리했다. 얼마 지나지 않아 두 사람은 마을 외곽의 야산에 위치한 관제묘, 개방의 분타에 도착했다. 일전에 오귀가 혼자 왔을 때에 보았던 눈이 큰 거지가 알아보고 다가왔다.

"또 오셨군요, 소방주님. 분타주께서는 안에 있습니다만 함께 오신 분은……?"

눈이 큰 거지는 오귀의 뒤에 선 남궁사혁을 보고 고개를 갸웃했다. 오귀는 관제묘 안으로 들어가며 조용히 말했다.

"내 손님이시오. 중요한 볼일이 있으니 막지 마시오."

눈이 큰 거지는 다시 한 번 남궁사혁을 흘낏 쳐다보더니 관제묘 안으로 두 사람을 안내했다.

"알겠습니다. 이쪽으로 오시지요."

관제묘 안으로 들어간 두 사람은 눈이 큰 거지의 안내에 따라 분타주에게로 향했다.

"분타주님, 소방주께서 오셨습니다."

닫혀 있는 문을 살짝 두드리며 눈이 큰 거지가 말했다. 안에서 나직한 음성이 흘러나왔다.

"어서 들어오시라고 해."

대답과 동시에 오귀는 그대로 문을 벌컥 열고 안으로 들어갔다. 눈이 큰 거지는 오귀와 남궁사혁이 안으로 들어가는 것을 본 후에야 뒷걸음질로 물러났다.

천뢰일가의 대회합 덕분에 바빠진 분타주는 보던 서류를 한쪽으로 치우며 천천히 몸을 일으켜 포권을 취했다.

"오셨습니까, 소방주님. 이번에는 무슨 일로… 응? 옆에 계신 분은 뉘십니까?"

포권을 취하며 고개를 숙인 분타주는 막 고개를 든 후에야 남궁사혁을 발견하고는 고개를 갸웃했다. 오귀는 조용한 음성으로 속삭이듯 분타주에게 대답했다.

"내 의형 되시는 분이시오. 본 방과도 깊은 연이 있는 분이시니 모시는 데 소홀함이 없어야 할 것이오."

큰형님 소리에 남궁사혁의 눈썹이 살짝 꿈틀했다. 오귀가 미리 언질해 두지 않았다면 저도 모르게 뒤통수를 후려갈겼을지도 몰랐다. 어쩐지 뒤통수가 근질근질한 것 같은 기분에 오귀는 저도 모르게 침을 꿀꺽 삼켰다.

"소방주님의 의형 되시는 분이라니. 어쩐지 보통 분은 아닌 것 같았습니다. 그나저나 오늘은 어쩐 일이십니까, 소방주?"

"부탁할 것이 있어서 왔소. 조금 어려운 부탁일지도 모르겠지만……."

오귀는 말꼬리를 흐리며 가만히 분타주를 쳐다보았다. 분타주는 괜찮다는 듯 고개를 끄덕이며 대꾸했다.

"뭐든지 말씀만 하십시오. 안 그래도 총타에서 방주님께서 직접 서신을 보내셨습니다. 소방주가 요구하는 것은 무엇이든 다 들어주라고 말입니다."

분타주의 말에 오귀는 문득 개방주이자 사부인 홍영의 얼굴을 떠올렸다. 탈문하겠다고 선언했을 때 망연한 얼굴을 하고 자신을 쳐다보던 홍영의 얼굴이 어젯밤 일처럼 선명했다. 왠지 모를 죄스러움이 밀려왔다.

'죄송합니다, 사부. 일이 다 끝나면 직접 찾아뵙고 용서를 빌겠습니다.'

오귀는 고개를 숙인 채 속으로 나직이 중얼거렸다. 가만히 서 있던 남궁사혁이 오귀의 옆구리를 살짝 찔렀다. 움찔하며 고개를 든 오귀는 왜 그러느냐는 듯 고개를 갸웃거리는 분타주와 눈이 마주쳤다.

"커, 커험험, 지금부터 내가 할 얘기는 절대로 외부로 새어 나가서는 안 되오."

"물론입니다, 소방주. 이래 봬도 제 입은 수만 근 쇳덩이처럼 무겁답니다. 무슨 일인지 모르지만 절대 떠벌리지 않겠다고 맹세하겠습니다."

분타주의 말에 오귀는 가만히 고개를 끄덕였다. 곧장 말을 꺼내지 않고 오귀는 흘끔 남궁사혁을 쳐다보았다. 오귀와 눈이 마주친 남궁사혁은 빨리 말하라는 듯 살짝 턱짓했다.

저도 모르게 나직이 한숨을 내쉬며 오귀는 고개를 돌려 분타주와 눈을 마주했다. 이내 오귀는 천천히 입을 열기 시작했다.

"그러니까 이번에……."

덜컹!

문이 열리고 오귀와 남궁사혁이 안으로 들어왔다. 막 저녁 식사를 하려던 참이던 일행의 시선이 두 사람에게로 향했다. 남궁사혁은 빈자리에 앉으며 관지화의 앞에 놓여 있던 소면 그릇을 자기 앞으로 가져 오며 투덜거렸다.

"으어어, 배고파 뒈지겠네. 그놈의 분타는 왜 그리 멀어가지고."

"일은 어떻게 됐나?"

소면 그릇만이 아니라 관지화가 손에 들고 있던 젓가락까지

뺏어들고, 막 소면을 크게 떠먹으려던 남궁사혁이 멈칫했다. 질문을 던진 사진량을 흘끔 쳐다본 남궁사혁은 이내 후루룩 소면을 흡입하고는 빠르게 씹어 삼켰다.

"우적우적! 거참! 우적! 좀 먹고! 우적! 하자고. 우적우적!"

소면을 씹으며 남궁사혁은 투덜거렸다. 그 모습에 사진량은 나직이 한숨을 내쉬며 대꾸했다.

"식사부터 하지."

사진량의 말에 그제야 남궁사혁은 본격적으로 소면을 먹어치우기 시작했다. 마치 걸신이라도 들린 것처럼 남궁사혁은 소면 한 그릇을 순식간에 비우고는 탁자 가운데에 놓인 통닭구이를 집어 들었다.

한바탕 전쟁과도 같은 식사 시간이 끝났다.

남궁사혁은 만족스러운 얼굴로 부풀어 오른 배를 툭툭 두드리며 미소를 지었다. 남궁사혁은 젓가락을 들고 이 사이에 낀 음식을 긁어내며 찻잔을 집어 들었다. 남궁사혁이 차를 한 모금 마시자 가만히 기다리고 있던 사진량이 물었다.

"갔다 온 일은 잘됐나?"

남궁사혁은 오귀를 흘끔 쳐다본 후 조용히 대답했다.

"뭐, 일단은."

사진량은 그 대답에 가만히 고개를 끄덕였다. 짧은 문답이

오간 후, 일행의 대화가 끊겨 침묵이 흘렀다. 사진량은 조용히 찻잔을 비워내며 생각을 정리하고 있었다. 갑자기 남궁사혁이 불쑥 물었다.

"그나저나 그건 언제쯤 양 소저에게 알릴 생각이냐?"

"아직. 확신을 줄 수 있을 정도의 증거가 아니니……."

"그자가 일을 벌일 때까지 기다리겠다는 거냐?"

"어쩔 수 없지."

사진량의 대답에 남궁사혁은 저도 모르게 길게 한숨을 내쉬었다. 어쩔 수 없는 일이었다. 오귀를 통해 개방에 의뢰를 해, 천뢰일가 사람들의 뒷조사를 통해 수상쩍은 정황이 포착된 것은 단 한 사람, 총사인 은규태뿐이었다.

수상쩍은 정황이라는 것도 그렇게 확실하지는 않았다. 은규태의 고향 마을 자체가 전염병으로 사라져 버린 지 오래였다. 때문에 그 마을의 생존자를 수소문해 찾아내어 알아낸 사실은 은규태와 비슷한 조건의 가족이 있었다는 것이었다.

하지만 은규태의 용모파기를 본 생존자의 반응은 달랐다. 은규태는 자신과 함께 지낸 마을 사람들 중 어느 누구와도 전혀 닮은 구석이 없다는 것이었다.

게다가 생존자는 오랫동안 잊고 있던 사실을 떠올렸다. 은규태의 가족이라 생각되는 이들에게 아들은 없었고, 주위에는 아들처럼 보이긴 했지만 사실은 딸을 키우고 있었다는 것이었다.

결국 은규태는 자신의 신분을 조작해 천뢰일가로 들어왔다는 뜻이었다. 그 사실에 가장 놀란 것은 장일소였다. 은규태가 천뢰일가로 들어올 때부터 지켜보았던 장일소였다. 자신이 아는 한, 은규태는 절대 천뢰일가에 해가 되는 일을 한 적이 없었다. 묵묵히 자신의 일을 다해 천뢰일가를 떠받들어 왔던 은규태였다.

오래전에 천뢰일가에서 했던 신분 조사도 확실하다고 믿었었다. 하지만 전혀 새로운 사실이 밝혀질 줄이야. 처음 사실을 알게 된 장일소는 흥분을 감추지 못했다. 사진량의 만류가 아니었다면 당장에라도 뛰쳐나가 은규태를 단매에 쳐 죽여 버렸을지도 모르는 일이었다.

"최소한 아가씨께는 귀띔이라도 해드려야 하지 않겠습니까, 소공?"

장일소가 조심스레 제안을 했다. 하지만 사진량은 가만히 고개를 내저었다.

"아니. 굳이 알리지 않아도 될 거다."

"그게 무슨?"

사진량의 말에 장일소는 영문을 모르겠다는 얼굴로 고개를 갸웃했다. 사진량은 빈 찻잔을 내려놓으며 조용히 대답했다.

"아마도 어느 정도 감은 잡고 있을 거다. 보아하니 그자를 완전히 신뢰하고 있는 것 같지는 않더군."

"아가씨가 말입니까?"

"자신 말고는 누구도 믿을 수 없다는 눈빛을 하고 있었다. 틀림없을 거야."

"그런……!"

사진량의 말에 장일소는 놀란 얼굴로 신음하듯 나직이 중얼거렸다. 양지하가 태어날 때부터 보아온 자신이었다. 구음절맥을 타고 났지만, 절망하지 않고 항상 웃음을 잃지 않던 양지하였다.

은규태가 쓰러진 이후, 누구에게도 약점을 보이지 않기 위해 감정을 드러내지 않고 냉정한 얼굴을 가장해 왔다. 하지만 그 내면에는 웃음을 잃지 않는 순수한 소녀의 모습이 남아 있다고 생각했다.

하지만.

'달라지셨군요, 아가씨…….'

양지하의 얼굴을 떠올리며 장일소는 저도 모르게 나직이 한숨을 내쉬었다. 두 사람의 대화를 가만히 듣고 있던 남궁사혁이 불쑥 끼어들었다.

"너무 걱정 마십쇼, 장노. 양 소저는 제가 반드시 지킵니다."

진지한 상황에서 나온 남궁사혁의 말에 장일소는 저도 모르게 실소를 흘렸다. 하지만 이내 빙긋 미소를 지으며 고개를 끄덕였다.

"허허, 잘 부탁드립니다, 남궁 소협."

"맡겨만 주십쇼."

제 가슴을 팡팡 두드리며 남궁사혁은 콧김을 뿜어냈다. 그 모습에 왠지 모르게 안심이 되는 장일소였다.

*　　　*　　　*

사흘 후.

천뢰일가에 처음으로 도착한 것은 진혈가의 가주 등일천이었다. 대회합을 알리는 서신을 보자마자 등일천은 급히 병력을 꾸려 출발한 것이었다. 오랜만의 대회합도 중요한 일이었지만 그보다는 자신이 직접 선발한 최정예 병력인 질풍대를 제압한 사진량의 자신의 눈으로 직접 확인하기 위해서였다.

천뢰일가의 초입에서 말을 세운 등일천은 천천히 고개를 들어 주위를 살펴보았다. 마치 천뢰일가의 권위를 상징하듯 높이 솟아 있는 수많은 전각의 모습이 눈에 들어왔다. 등일천은 저도 모르게 살짝 인상을 찌푸리며 중얼거렸다.

"젠장, 언제 봐도 기분이 나빠지는군. 저놈의 빌어먹을 천뢰일가 같으니."

으득, 이를 갈며 등일천은 고개를 휙 돌렸다. 생각 같아선 당장에라도 밀어버리고 싶었지만 그러기에는 함께 온 병력의 숫

자가 너무 적었다. 고르고 고른 정예 병력 오십이었지만 천뢰일
가를 무너뜨리기에는 부족하기 짝이 없었다.

오십이 아니라 진혈가의 주력 병력 전부를 이끌고 온다고 해
도 천뢰일가를 무너뜨리기란 쉽지 않을 터였다. 안 그래도 방
어에 특화된 구조를 하고 있는 데다, 사진량까지 있으니 경솔
하게 움직일 수는 없는 노릇이었다.

혹시나 하는 마음에 진혈가 총병력의 사할을 은밀히 분산
시켜 반나절 정도 거리에 대기를 시켜두긴 했지만, 확실한 기
회가 아니라면 움직일 생각이 없었다. 다른 봉신가주가 어떻게
나올지도 알 수 없는 노릇이었으니.

"가주님, 어떻게 하실 겁니까? 미리 연락해 둘까요?"

등 뒤에서 들려온 익숙한 음성에 등일천은 천천히 고개를
돌렸다. 날카로운 눈빛을 번쩍이며 자신을 쳐다보고 있는 중년
사내의 모습이 등일천의 눈에 보였다. 진혈가의 또 다른 전력
인 광풍대의 대주였다.

평소라면 질풍대를 이끌고 왔을 등일천이었지만, 대주인 마
염철을 비롯해 질풍대 병력의 사 할이 내공을 금제당했으니 어
쩔 수 없었다. 때문에 개개인의 무공은 질풍대보다 못하지만
숫자는 많은 광풍대를 데려오는 수밖에 없었다.

"아니, 딱히 연락을 할 필요는 없을 것 같군. 다른 가주들이
도착한 후에 결정하도록 하지. 다들 정체를 들키지 않게 알아

서 잘하고 있을 거다."

"알겠습니다, 가주. 그럼 가시지요. 제가 앞장서겠습니다."

광풍대주는 그대로 말을 몰아 등일천을 스쳐 지나 천천히 천뢰일가로 향하기 시작했다.

따각! 따각!

뒤를 이어 움직이는 오십여 마리의 인마의 발굽 소리가 조용히 울려 퍼졌다.

"진혈가의 등일천 가주께서 방금 도착하셨습니다, 아가씨."

밖에서 들려오는 나직한 음성에 양지하는 천천히 고개를 들었다. 자신이 가주 대행을 시작한 이래 처음 있는 대회합이니 봉신가의 가주들에게 조금도 책잡힐 일이 없도록 확실히 처리해야 했다.

"맞이할 준비는 다 끝났겠죠?"

"물론입니다, 아가씨."

"그럼 계획대로 진행하세요. 금방 나갈게요."

"예."

대답과 함께 조용히 물러나는 발소리가 들려왔다. 양지하는 천천히 몸을 일으키며 서랍을 열었다. 서랍 안에 있는 작은 목갑을 꺼내 든 양지하는 목갑 안의 환단을 그대로 씹어 삼켰다. 침과 환단이 섞이자 씁쓸한 맛과 함께 약 기운이 식도를 타고 몸속으로 흘러들었다.

"으음……!"

강한 약 기운이 몸속을 맴돌자 양지하는 나직한 신음을 흘렸다. 하지만 약 기운 덕분에 이내 몸에 힘이 생겨나기 시작했다.

본래 발작이 시작되면 복용해야 하는 환단이었지만, 미리 먹어두는 것이 좋을 터였다. 미리 복용하면 약효가 좀 떨어지긴 하지만 등일천을 맞이하는 도중에 발작이 시작되는 일은 없을 터였으니. 약 기운이 온몸에 퍼져 나간 것을 느낀 양지하는 열린 서랍을 닫고는 천천히 밖으로 걸음을 옮기기 시작했다.

방 안에서 가만히 눈을 감은 채 앉아 있던 사진량은 다가오는 인기척을 느끼고는 천천히 눈을 떴다. 잠시 후, 누군가 문 앞에서 멈춰 섰다.

"조금 전 진혈가의 등일천 가주께서 도착하셨습니다. 그분을 맞이하는 데 함께하자고 아가씨께서 청하셨습니다."

"곧 나가지."

사진량은 천천히 몸을 일으키며 한쪽 벽에 세워 둔 검을 집어 들고 허리에 찼다. 그러곤 천천히 밖으로 걸음을 옮기기 시작했다.

끼이익!

문이 열리자 옆에서 고개를 깊이 숙인 채 대기하고 있던 시비의 모습이 눈에 들어왔다. 시비는 천천히 고개를 들어 사진량을 쳐다보며 말했다.

"안내하겠습니다. 이쪽으로 오시지요."

돌아선 시비는 종종걸음으로 앞으로 나갔다. 사진량은 천천히 그 뒤를 따랐다. 이내 양지하가 은규태를 비롯한 천뢰일가의 주요 인사와 함께 정문을 향해 움직이는 것이 보였다.

"모셨습니다, 아가씨."

시비가 빠른 걸음으로 양지하에게 다가가 말했다. 양지하는 흘끗 사진량을 쳐다보더니 조용히 말했다.

"진혈가주를 맞이하러 가는 길입니다. 미리 얼굴을 봐두는 것이 좋을 듯하니 함께 가시지요."

"그러지."

천천히 다가간 사진량은 양지하의 왼쪽에 자리를 잡았다. 함께 있던 다른 이들은 웅성거리면서 물러나 사진량에게 자리를 양보했다.

"다들 가시죠."

사진량이 자신의 바로 옆에 자리를 잡자, 양지하는 조용히 말을 하고는 걸음을 옮기기 시작했다. 어쩐지 사진량이 자신의 옆에 있다는 사실만으로도 마음이 편안해지는 양지하였다.

따각! 따각!

진혈가주 등일천은 천천히 말을 몰아갔다. 커다란 천뢰일가의 입구가 눈에 들어왔다. 굳게 닫혀 있던 천뢰일가의 정문이 서서히 열리기 시작했다. 문이 활짝 열리고 안에서 사람들이 쏟아져 나왔다.

맨 앞에 있는 인영을 알아본 등일천의 눈썹이 꿈틀했다. 이내 등일천은 말에서 내려 고삐를 한 손에 틀어쥐었다. 등일천의 뒤를 따르던 일행도 일시에 말에서 내려섰다. 등일천은 옆에 있는 부하에게 고삐를 건네고 천천히 다가갔다.

"오랜만이로구나, 지하야."

천뢰일가의 문 앞에 선 사람들의 한가운데에 있는 양지하에게 다가가며 등일천은 조용히 말을 걸었다. 양지하는 무표정한 얼굴로 대꾸했다.

"오랜만이긴 합니다만… 예의를 지켜주시죠, 등 숙부. 지금 전 가주 대행으로 이 자리에 나와 있는 겁니다."

냉기가 풀풀 날리는 양지하의 말에 등일천은 저도 모르게 어깨를 움찔했다. 짧은 순간 양지하를 날카롭게 노려보던 등일천은 이내 빙긋 미소를 지으며 포권을 취했다.

"허헛! 이거야 내 실수했군. 오대봉신가 진혈가의 가주 등일천이 주공이신 천뢰일가의 가주지령을 받고 이렇게 당도하였습니다. 가주 대행께 이렇게 인사 올립니다."

"좋아요. 먼 길을 오시느라 수고 많으셨어요, 진혈가주. 함께 오신 일행은 풍뢰각으로 안내하겠습니다. 부디 머무시는 동안 불편함이 없으시길 바랍니다."

양지하는 지극히 사무적인 어투로 등일천을 상대했다. 정중한 어투였지만 자신을 하대하는 듯한 양지하의 모습에 등일천은 살짝 인상을 찌푸렸다. 이내 얼굴에 미소를 그리며 천천히 포권을 풀고 고개를 들었다.

"나무랄 데 없는 환대에 감사하오. 그나저나……"

등일천의 시선이 양지하의 왼쪽에 서 있는 사진량에게로 향했다. 사진량은 무표정한 얼굴로 가만히 자신을 향한 등일천의 시선을 받아넘겼다. 등일천의 말이 조용히 이어졌다.

"이쪽은 처음 보는 것 같은데… 누군지 소개해 주지 않겠소, 가주 대행?"

등일천은 흘끔 양지하를 쳐다보았다. 양지하는 나직이 한숨을 내쉬며 대답했다.

"나중에 가주들이 모두 모이면 정식으로 소개하겠어요. 그 전까진 조금만 기다려 주세요."

"흐음, 가주들이 모인 자리에서 소개한다는 건… 혹시 저자가 바로 그……?"

등일천은 날카로운 안광을 번뜩이며 사진량을 쳐다보았다. 양지하는 아무런 대답도 하지 않았다. 갑작스레 사진량의 몸에서 뿜어져 나오는 강렬한 위압감 때문이었다. 사진량은 자신을 향한 등일천의 날카로운 눈빛을 흘려 넘기며 오히려 더욱 강한 눈빛으로 내쏘았다.

움찔!

순간 등일천은 저도 모르게 반걸음 뒤로 물러났다. 이마에는 어느새 땀이 맺혀 있었다. 등일천은 아랫입술을 살짝 깨물며 속으로 중얼거렸다.

'으음, 내 암경을 눈 하나 깜짝하지 않고 두 배로 받아치다니…… 질풍대가 당할 만도 했군.'

사진량의 무공을 어느 정도 가늠한 등일천은 이내 빙긋 미소를 지으며 말했다.

"허헛! 누구인지 정식으로 소개받기를 기대하겠소."

그대로 천천히 돌아선 등일천의 귓가에 사진량의 은밀한 전음이 날아들었다.

[그냥 물러서다니 생각보다 강단이 없으시군. 지난번에 보낸 선물에 대한 답례는 마음에 들었나?]

[선물이라니……?]

[진혈가면 질풍대… 였던가? 다들 제법 쓸 만했었는데 안타깝게 됐군.]

명백한 조롱이 담긴 전음이었다. 돌아선 등일천은 저도 모르게 주먹을 꽉 그러쥐었다. 생각 같아선 당장에라도 사진량을 단매에 쳐 죽여 버리고 싶었지만, 보는 눈이 너무 많았다. 질끈 이를 악물며 억지로 분노를 참아내며 등일천은 천천히 일행에게로 돌아갔다.

"가주……?"

등일천의 분노를 억누르는 얼굴을 본 광풍대주가 고개를 갸웃했다. 등일천은 광풍대주에게만 들릴 정도로 나직이 중얼거렸다.

"지금 당장, 본가의 병력에 연락을 해라. 천뢰일가 주위를 포위하라고 말이다."

"가주, 그건……?"

광풍대주가 고개를 갸웃했다. 천뢰일가에 막 들어서기 전에 했던 명령과 달라진 탓이었다. 하지만 등일천은 광풍대주의 의문을 해결해 주지 않았다. 오히려 날카로운 눈빛으로 명령을 재촉할 뿐이었다.

"당장 연락하란 말이다."

"아, 알겠습니다."

등일천의 서슬 퍼런 말투에 광풍대주는 어깨를 움찔하며 낮게 대답했다. 슬그머니 뒤로 물러난 광풍대주를 뒤로한 채 등일천을 비롯한 진혈가의 사람들은 안내에 따라 천천히 천뢰일가 내부로 들어갔다. 조용히 그 모습을 지켜보던 양지하가 사진량에게 물었다.

"대체 무슨 소릴 한 거예요?"

"무슨 소리냐?"

"등 가주에게 전음으로 뭐라고 한 거 아닌가요? 그게 아니면 갑자기 저렇게 표정이 변할 리가 없을 텐데요."

양지하의 말에 사진량은 대수롭지 않다는 듯 조용히 대꾸했다.

"그저 살짝 안부 인사를 했을 뿐이다. 일전에 신세 진 것도 있었으니."

그 말에 양지하는 무언가를 퍼뜩 떠올리고는 알겠다는 듯 고개를 끄덕였다.

"그렇군요."

"볼일이 끝난 것 같으니 난 돌아가 보겠다."

말을 마침과 동시에 사진량은 그대로 돌아서서 천천히 걸음을 옮기기 시작했다. 멀어져 가는 사진량의 뒷모습을 가만히 지켜보며 양지하는 조용히 중얼거렸다.

"이상한 사람……."

*　　　　　*　　　　　*

"후우우……."

길게 흘러나오는 숨소리.

이전보다 훨씬 강하고 안정적인 호흡이었다. 사진량은 양기뢰의 명문혈에서 손을 떼어내며 나직이 한숨을 내쉬었다. 하루에 두 번씩 계속해서 추궁과혈을 한 덕에 양기뢰의 상태는 이전보다 많이 좋아졌다.

하지만 여전히 의식은 제대로 돌아오지 않았다. 가끔씩 눈을 뜰 때도 있었지만, 자신의 앞에 있는 사람이 누군지 알아보지 못했다. 그저 나직한 신음을 흘리며 멍하니 어딘가를 쳐다볼 뿐이었다. 골수까지 치민 극독이 심령에도 크게 영향을 미치는 것 같았다.

그나마 사진량의 추궁과혈과 쓸데없는 약의 복용을 끊은 덕에 어느 정도 생명을 유지할 수는 있었다. 물론 해독이 불가능한 상황이라 조만간 찾아올 죽음을 막을 수는 없겠지만.

"좀 괜찮으세요, 아버지?"

문 앞에서 가만히 지켜보고 있던 양지하가 조심스레 다가오며 양기뢰의 앙상하게 마른 손을 잡았다. 바르르 떨리는 손이 그저 애처롭기만 했다. 양기뢰의 시선이 천천히 양지하에게로 향했다.

초점이 잡히지 않은 멍한 눈길이었지만 자신을 알아본 것 같은 느낌에 양지하는 눈물을 글썽이며 손을 더욱 꽉 잡았다.

"당분간은 건량을 갈아 끓인 죽을 위주로 식단을 구성해 그것만 먹을 수 있게 해라. 열흘 정도 후에는 어느 정도 기력을 회복할 수 있을 거다. 대신 탕약은 절대로 안 돼."

"명심할게요."

"먹는 것 하나하나 직접 확인해야 할 거다."

"당연하죠."

"그럼 난 이만 가보겠다."

사진량은 돌아서서 천천히 문을 열었다. 막 밖으로 나가려는 사진량의 발길을 양지하의 조용한 음성이 멈춰 세웠다.

"자, 잠깐만요."

"왜 그러지?"

사진량은 돌아보지 않고 그 자리에 선 채로 물었다. 양지하는 잡고 있던 양기뢰의 손을 조심스레 놓고는 몸을 일으켰다. 고개를 돌리자 문 앞에서 멈춰 선 사진량의 뒷모습이 보였다. 무언가 말을 해야 했지만 이상하게도 입이 떼어지지 않았다.

"……."

"할 말이 없으면 이만 가보지."

머뭇거리는 양지하를 내버려 둔 채 사진량은 그대로 밖으로 나가 버렸다. 가만히 그 모습을 눈으로 좇던 양지하는 이내 시야에서 사라져 버린 사진량의 모습에 저도 모르게 나직이 한숨을 내쉬었다.

*　　　*　　　*

진혈가주 등일천의 도착을 시작으로 하루, 이틀 간격으로 남은 봉신가의 가주 네 사람이 천뢰일가에 도착했다. 저마다 오십 인 정도의 호위 병력과 함께 온 가주들은 뇌신각에서 조금 떨어진 전각에 여장을 풀었다.

마지막으로 도착한 것은 철혈가주 곡상천이었다. 다른 가주들과는 달리 기백에 이르는 병력을 이끌고 온 곡상천은 양지하와 함께 마중을 나온 사진량과 약간의 충돌이 있었다.

사진량이 전음으로 도발한 것을 참지 못하고 발끈한 곡상천이 검을 뽑아 드는 바람에 큰일이 날 뻔했다. 자칫하다간 철혈가와의 전면전이 벌어질 수도 있는 상황이었지만, 의외로 손쉽게 해결이 되었다.

열혈가주와 냉혈가주가 갑자기 나선 것이었다. 두 사람이 나서서 중재를 한 덕에 철혈가주 곡상천은 검을 거두고 물러나야 했다. 중재라기보다는 반쯤 협박에 가깝기는 했지만.

그렇게 십수 년 만에 오대봉신가의 가주 다섯이 한자리에 모였다. 사진량을 소개하기 위한 대회합은 날이 밝는 대로 시작할 예정이었다.

새벽의 어스름이 하늘을 뒤덮은 시간.

양지하는 방 안에 홀로 앉아 조용히 숨을 고르고 있었다.

미리 환약을 복용한 것 때문에 때아닌 발작이 시작되어 한참을 고통스러워하다가 간신히 통증이 잦아든 와중이었다. 지난 며칠 동안 잠도 한숨 제대로 자지 못한 터라 심신이 지칠 대로 지친 양지하였다.

"하아아……."

터져 나오는 숨소리에 미세한 신음이 섞여 있었다. 남은 통증이 아직 심장을 살살 찌르는 것만 같았다. 양지하는 손을 들어 심장 언저리를 살짝 누르며 길게 숨을 내쉬었다. 그제야 통증은 완전히 사라졌다.

양지하는 천천히 고개를 돌렸다. 살짝 열린 창으로 새벽의 어스름이 밀려들어 왔다. 이대로 잠을 자기에는 너무도 애매한 시간이었다. 잠시 누울까 고민하다가 양지하는 나직이 한숨을 내쉬며 침상에서 내려왔다.

"자기는 글렀네."

나직이 중얼거리며 양지하는 창밖을 내다보았다. 아직 동이 트지도 않은 이른 시간이었지만 벌써부터 일과를 시작한 가솔들이 보였다. 안 그래도 신시 말부터 연회와 함께 대회합이 시작될 예정이라 다들 그 준비로 바쁘게 움직이고 있었다.

이내 양지하는 창을 닫고 겉옷을 벗었다. 발작 때문에 속옷까지 식은땀으로 흠뻑 젖어 있었다. 아무래도 깨끗하게 씻어야 할 것 같았다. 양지하는 젖은 겉옷을 슬쩍 걸치며 낮게 소리쳤다.

"밖에 아무도 없어?"

"부르셨습니까, 아가씨."

곧장 대답과 함께 조금 떨어진 곳에 있던 시비가 후다닥 다가오는 소리가 들려왔다 양지하는 조용히 말을 이었다.

"씻을 준비 좀 해줘요. 온몸이 젖어서 깨끗하게 씻어 내고 싶네요."

"네, 금방 준비하겠습니다."

촤악!

따뜻한 물이 가득한 목욕통에 몸을 담갔다. 사르르 군육이 풀어지고 나른한 기분이 들었다. 핏기 없는 새하얀 얼굴이 따스한 물 때문인지 조금은 홍조가 돌았다. 생각 같아서는 계속 몸을 담그고 있고 싶었지만, 오래 있을수록 자신의 몸에 좋지 않았다.

"하아… 오늘만 무사히 지나면……."

양지하는 날이 밝은 후에 시작될 대회합을 떠올리며 한숨을 푹 내쉬었다. 사진량은 정식으로 양기뢰의 후계자로 알리기 위해 준비한 대회합이었다. 당연히 봉신가 가주의 반발이 있겠지만 그것을 무마하기 위해 미리 대책도 마련해 두었다.

짧은 한순간을 위해 준비한 대책이었지만, 봉신가의 가주들을 흔들기에는 충분할 것이다. 거기에 사진량이 자신의 무공을

가주들 앞에서 직접 선보인다면 누구도 겉으로는 불만을 드러
내지 못할 것이다.

계획대로만 된다면.

하지만 왠지 모르게 가슴속 깊은 곳에서 불안한 마음이 싹
트고 있었다. 현재의 상황이 그렇게 나쁘지 않음에도 이상하게
한번 싹튼 불안함은 가시지 않았다. 무언가 자신의 예측 범위
를 넘어선 일이 벌어질지도 모른다는 생각이 들었다.

하지만 지금으로선 더 이상 대비를 할 수 있는 시간이 없었
다. 이제 조금만 시간이 더 지나면 대회합이 시작될 예정이었
으니.

어질……!

깊은 생각을 하느라 뜨거운 물에 몸을 너무 오래 담근 것인
지 순간적으로 현기증이 왔다. 눈앞이 핑 돌아 양지하는 비틀
거리며 다급히 목욕통의 가장자리를 붙잡았다.

출렁!

한 차례 몸이 크게 휘청거린 탓에 물이 넘쳤다. 양지하는 간
신히 몸의 균형을 잡고 천천히 일어났다. 몸을 흠뻑 적신 물이
흘러내리며 새하얀 나신이 드러났다. 양지하는 조심스레 목욕
통을 나와 벽에 걸려 있던 마른 천으로 몸을 감쌌다.

"다 씻으셨습니까, 아가씨?"

양지하가 목욕통 밖으로 나오는 소리를 들은 것인지 문밖에

서 시비의 음성이 들려왔다. 양지하는 남아 있는 어지럼증을 털어내려 고개를 살짝 내저으며 대꾸했다.

"다 끝났어. 들어와서 옷 입는 거나 좀 도와줘."

"네, 아가씨."

이내 드르륵하고 욕실 문이 열리고 시비가 안으로 들어왔다. 소매를 걷어붙이고 다가온 시비는 익숙한 손놀림으로 양지하의 몸에 묻은 물기를 닦아내고 옷을 입히기 시작했다.

이내 옷을 다 입은 양지하는 천천히 욕실을 벗어나 자신의 집무실로 걸음을 옮기기 시작했다. 그 뒤를 시비 하나가 허리를 반쯤 숙인 채 조심스레 따랐다.

*　　　*　　　*

신시 초.

천뢰일가의 뇌신각 바로 옆의 대연회장은 수많은 사람으로 북적거렸다. 주위를 오가며 음식을 나르는 천뢰일가의 가솔들은 물론, 대회합을 위해 방문한 오대봉신가의 인원들까지 모두 한자리에 모여들고 있었다.

"갑자기 회합이라니. 자넨 무슨 일인지 아나?"

"글쎄. 나야 준비를 하라니까 하고 있는 거지, 뭐."

"저번에 귀빈이 오셨다고 하더니 그거랑 관련이 있는 건가?"

"예끼, 이 사람아. 윗분들이 하시는 일에 관심 갖지 말어. 우리 같은 사람은 그냥 시키는 대로만 하면 되는겨."

이리저리 오가며 음식을 나르고, 짐을 옮기는 가솔 몇몇이 잡담을 나누고 있었다. 그러는 사이에도 연회 준비는 착착 진행되어 갔다.

어느샌가 양지하와 은규태, 그리고 봉신가의 가주들이 앉을 연회장의 상석을 빼고는 가득 들어찼다. 자리에 앉은 저마다의 앞에 음식이 가득 쌓였다. 하지만 정작 연회의 주인공들이 자리를 비운 터라 아무도 음식에 손을 댈 수 없었다. 점심을 먹은 지 한참 시간이 지난 터라 다들 그저 침을 꼴깍 삼키며 눈앞의 음식들을 쳐다볼 뿐이었다.

같은 시각.

오대봉신가의 가주들은 뇌신각의 회의실에 모여 있었다. 가주 대행인 양지하가 앉을 상석은 비어 있었다. 흘끔 빈 상석을 쳐다본 철혈가주 곡상천이 먼저 입을 열었다.

"다들 이번 회합에 대해 어떻게 생각하시오?"

"무얼 말이오?"

열혈가주 황영휘가 반문했다. 곡상천은 황영휘를 흘끗 쳐다보더니 피식 미소를 지으며 대꾸했다.

"다 알면서 뭘 그리 딴청 피우시는 게요. 이번 회합의 목적

말이외다."

"예상하고는 있소이다."

진혈가주 등일천이 조용히 대답했다. 냉혈가주 적무광과 적혈가주 녹음풍이 동의한다는 듯 고개를 끄덕였다. 황영휘를 제외한 나머지의 공통된 반응에 곡상천이 천천히 말을 이었다.

"다들 이대로 지켜보기만 할 생각이신 게요?"

조용히 날아든 곡상천의 말에 나머지 네 사람은 아무런 대답도 하지 않았다. 섣불리 대답했다간 오해를 살수도 있는 노릇이었으니.

아무도 대답하지 않자 곡상천이 다시 입을 열었다.

"의외로 겁이 많으시구려. 하긴 이해할 수 있소. 다들 그자에게 크게 당했다는 소문은 들었으니……."

말꼬리를 흐리며 곡상천은 흘끗 황영휘와 등일천, 그리고 녹음풍을 쳐다보았다. 저도 모르게 한순간 어깨를 움찔한 세 가주는 이내 아무렇지도 않은 듯 말했다.

"무, 무슨 소리요?"

"허어, 철혈가주께서 농을 하시는구려."

"당하긴 누가 당했다는 거요!"

도둑이 제 발 저린다더니, 세 가주의 반응은 한 치의 예상도 벗어나지 못했다. 곡상천은 속으로 미소를 지으며 천천히 이야기를 이어갔다.

"뭐, 그게 중요한 건 아니니 그냥 넘깁시다."

"무얼 말하고 싶은 거요?"

잠자코 있던 적무광이 불쑥 물었다. 곡상천은 입꼬리를 말아 올리며 적무광에게로 고개를 돌렸다. 곡상천은 더욱 목소리를 낮추며 말했다.

"함께 뒤집어 버리지 않으시겠소? 우리 다섯이 모두 힘을 합치면 충분히 할 수 있을 거요."

"그게 무슨!"

"허튼소리 마시오, 철혈가주!"

"이게 무슨 망발이오!"

곡상천의 말이 끝나자 적무광을 제외한 나머지 세 가주가 얼굴을 붉히며 발끈했다. 하지만 곡상천은 아무렇지도 않은 듯 피식 미소를 지어 보였다.

"망발은 무슨……. 좀 솔직해져 봅시다. 사실 다들 기회를 노리고 있지 않았소이까? 진혈가주께서는 아예 몰래 병력을 잠입시켜 놓으셨더이다."

"어, 어떻게 그걸!"

등일천은 화들짝 놀라 휘둥그레 치켜뜬 눈으로 곡상천을 쳐다보았다. 곡상천은 자연스레 등일천의 눈빛을 흘려 넘기고는 적무광을 쳐다보았다.

"냉혈가주께서도 모종의 준비를 하신 듯싶더이다."

"……."

"열혈가주, 적혈가주께서도 그냥 당하고만 계실 분들은 아닐 거라 생각됩니다만……."

곡상천은 일부러 말꼬리를 살짝 흐렸다. 지적당한 두 가주는 한순간 어깨를 움찔했지만, 이내 태연한 얼굴로 돌아왔다. 하지만 곡상천은 짧은 순간의 동요를 놓치지 않았다. 씨익 입꼬리를 말아 올리며 곡상천은 조용히 중얼거렸다.

"뭐, 다들 내키지 않는다면 어쩔 수 없는 일이지요, 후후."

곡상천은 그대로 이야기를 끝내 버렸다. 황영휘가 무어라 말을 하려다가 멈칫하는 모습에 곡상천은 속으로 회심의 미소를 지으며 중얼거렸다.

'돌은 던졌다. 얼마나 큰 파문이 될지는 지켜보면 알게 되겠지, 크크크.'

철혈가주 곡상천이 던진 화두로 봉신가의 가주들 사이에 어색한 기류가 흐르기 시작했다. 다들 아무런 말없이 무언가 깊은 생각에 잠겨 있었다. 머릿속이 복잡했다. 분명 다들 전뢰일가의 실권을 노리고 있는 경쟁자였다.

그런데 갑자기 곡상천이 연합을 제의해 오다니. 그것도 자신들이 준비한 것을 다 알고 있다는 투였다. 정보를 꿰뚫고 있다는 것은 그만큼 유리한 위치에 있다는 뜻이었다. 그런데 선뜻

연합을 제의한 저의는 무엇일까.

가주들은 저도 모르게 흘끔 곡상천을 쳐다보았다. 곡상천은 자신과 눈이 마주친 가주에게 피식 미소를 지어 보였다. 그것이 가주들을 더욱 혼란스럽게 만들었다.

'뭐지?'

'도대체 뭐야, 저 자신감은?'

'무슨 생각을 하는 거지, 철혈가주는?'

'이런 식으로 흔들어놓고 이득을 취할 셈인가……?'

네 가주는 저마다 곡상천의 의도를 파악하기 위해 머리를 굴렸다. 하지만 제대로 된 답이 나오지 않았다. 그러는 사이 굳게 닫혀 있던 회의실의 문이 열렸다. 다섯 가주들의 시선이 일시에 열린 문으로 향했다.

문고리를 잡고 있는 시비를 스쳐 지나 안으로 들어서는 양지하의 모습이 보였다. 다섯 가주들은 마치 약속이나 한 듯 동시에 벌떡 일어나 양지하에게 포권을 취했다.

"가주 대행을 뵙겠소이다."

가주들이 일제히 같은 말을 뱉어냈다. 양지하는 천천히 안으로 들어와 상석에 자리를 잡았다. 그 뒤를 총사인 은규태가 조용히 따라와 양지하의 옆에 섰다. 양지하가 자리에 앉자, 가주들도 뒤따라 자리에 앉았다.

"다들 일찍 모이셨군요. 늦어서 죄송해요."

"허헛! 아닙니다. 그 덕분에 그동안 밀린 얘기를 하고 있었지요."

곡상천은 조금 전의 은밀한 모의가 처음부터 없었던 것처럼 너털웃음을 터뜨렸다. 흘낏 곡상천을 본 양지하가 이내 무심한 얼굴로 천천히 말을 이었다.

"그랬다니 다행이네요. 그럼 이제 회의를 시작해 볼까요?"

양지하가 자신의 옆을 쳐다보자 은규태가 한 걸음 앞으로 나서며 입을 열었다.

"천뢰일가 총사 은규태입니다. 다들 어느 정도 짐작은 하시겠지만 이번 대회합은 한 사람을 가주님들께 소개하기 위함입니다."

"도대체 누구이기에 이렇게 회합까지 해서 사람을 소개한다는 겐가?"

다 알고 있으면서도 곡상천은 모른 척하며 물었다. 곡상천은 다섯 가주들을 대표하는 듯 행동하고 있었다. 평소라면 다른 가주들도 끼어들 법도 하건만, 조금 전 곡상천의 제안 때문에 섣불리 입을 열지 않고 있었다. 곡상천의 질문에 은규태가 아닌 양지하가 대답했다.

"다들 아시겠지만 아버님, 아니, 가주께는 이십여 년 전 모종의 사건으로 행방불명된 아들이 있습니다."

"그건 알고 있소이다."

"하지만 이건 모르시겠죠. 가주께서 쓰러지고 난 후, 밀명을 받고 그를 찾아 나선 이가 있다는 것을 말입니다."

양지하의 말에 다섯 가주들이 날카로운 눈빛을 뿜어내기 시작했다. 양지하는 가주들의 시선을 하나하나 받아넘긴 후에야 천천히 말을 이었다.

"가주께서 밀명을 내린 것은 평생 동안 함께 본가를 지켜온 장일소, 장노였습니다. 장노는 지난 수년 간 한 가닥도 남지 않는 가능성을 믿고 중원 전역을 떠돌아다니셨죠. 그리고 얼마 전 드디어 실마리를 잡았습니다. 자세한 얘기는 장노께서 직접 하실 겁니다."

양지하가 살짝 고갯짓하자 은규태가 조심스레 물러나 회의실 문을 열었다. 밖에서 대기 중이던 장일소가 천천히 안으로 들어왔다. 장일소는 곧장 양지하의 오른쪽 옆으로 다가가 걸음을 멈췄다. 그러곤 가주들을 향해 고개를 숙이며 포권을 취했다.

"다섯 분 가주 모두 오랜만에 뵙는군요. 그간 별래 무양 하셨습니까?"

다섯 가주는 저마다 안부 인사에 지나가듯 대답했다. 그러곤 장일소의 이야기를 재촉했다. 장일소는 길게 한숨을 내쉬며 천천히 자신이 그동안 중원을 찾아 헤맨 이야기를 시작했다.

"가주의 밀명을 받고 저는 은밀히 천뢰일가를 빠져나왔습니다. 그 때문에 본가에서는 지금도 저를 배신자로 알고 있는 이들이 상당수 있지요."

그렇게 시작한 장일소의 이야기는 한 식경이 다 지나도록 끝나지 않았다.

"그러니까 그 고독검협이라는 자가 양 가주의 잃어버린 친자라, 이 말씀이시오?"

장일소의 이야기가 끝나자 곡상천이 질문을 던졌다. 장일소는 입안이 마르는지 침을 한 번 삼키고는 가만히 고개를 끄덕였다.

"저는 확실하다 생각합니다. 직접 보신 아가씨께서도 칠 할 이상의 가능성이 있다고 하셨고요."

"칠 할?"

곡상천이 고개를 갸웃하자 양지하가 조용히 대꾸했다.

"무슨 일이든 신중해야 하는 법이니까요. 하지만 제 기준으로 칠 할이라면 진짜라는 것과 마찬가지예요."

양기뢰가 쓰러진 후 가주 대행직을 맡으며 모든 것을 의심하고 또 의심했던 양지하였다. 그리고 그런 양지하를 잘 알고 있는 봉신가의 가주들이었다. 칠할의 가능성을 입에 담았다는 것은 거의 확실하다는 방증이나 마찬가지였다.

"증거는… 있습니까?"

이번에는 곡상천이 아닌 적무광이 조심스레 물었다. 양지하는 가만히 고개를 끄덕이며 대답했다.

"그건 직접 확인해 보세요."

말을 마친 양지하는 흘끗 장일소를 쳐다보며 고개를 까딱였다. 장일소가 조심스러운 걸음으로 물러나 회의실 문을 활짝 열었다.

다섯 가주의 시선이 그쪽으로 향했다. 하지만 아무도 들어오지 않았다. 가주들이 고개를 갸웃거리며 시선을 돌리려는 순간, 기다렸다는 듯 천천히 사진량이 안으로 들어왔다.

한 걸음 앞으로 나설 때마다 전해지는 강렬한 존재감에 다섯 가주는 저도 모르게 어깨를 움찔했다. 이내 사진량은 양지하의 바로 옆에서 걸음을 멈췄다. 사진량은 특유의 무표정한 얼굴로 가만히 다섯 가주를 쳐다보았다.

사진량과 눈이 마주친 가주들은 지지 않겠다는 듯 눈을 부릅뜨고 쳐다보았다. 사진량은 아무렇지도 않게 그 시선을 받아넘기며 천천히 입을 열었다.

"사진량이다."

자신의 이름만 밝힌 짧은 한 마디에 다섯 가주는 왠지 모르게 압도되었다. 말을 하지 않아도 사진량의 얼굴은 물론 분위기까지 양기뢰와 매우 흡사하다는 것쯤은 금방 알 수 있었다. 아니, 한창때의 양기뢰보다 존재감 하나만큼은 더 강렬한 것 같았다. 설마하니 저 정도로 닮은 자일 줄은 생각지도 못했던 가주들은 한순간 할 말을 잃었다.

어색한 침묵이 자리했다. 가장 먼저 침묵을 깬 것은 역시나 곡상천이었다.

"어, 얼굴만 닮았다고 해서 인정할 수는 없소. 비슷하게 생긴 자는 중원에 얼마든지 있을 테니. 믿을 만한 증거는 있는 거요?"

"있습니다."

"그게 뭐요?"

곡상천의 반문에 양지하는 흘끔 사진량을 쳐다보았다. 사진량이 살짝 고개를 끄덕이자, 양지하는 천천히 몸을 일으켰다.

몸을 일으킨 양지하는 사진량와 눈을 마주한 채 천천히 겉옷을 풀어헤쳤다. 사진량도 마찬가지였다.

웃옷을 풀어헤친 사진량의 탄탄한 상체가 드러났다. 사진량은 양어깨를 드러낸 채 천천히 돌아섰다. 양지하도 새하얀 가슴이 거의 드러나 보일 정도로 상의를 풀어헤친 채 매끈한 어깨를 드러내 보이며 천천히 돌아섰다.

그 순간.

"헉!"

"저, 저건……!"

다섯 가주의 낮은 신음이 터져 나왔다. 다섯 가주의 휘둥그레진 눈이 사진량과 양지하의 왼쪽 어깨를 뚫어져라 쳐다보고 있었다.

두 사람의 어깨에는 마치 같은 도장으로 찍은 듯 똑같은 형태의 세 줄기 뇌전 문양이 그려져 있었다. 양기뢰의 왼쪽 어깨에도 같은 문양이 있다는 것을 알고 있는 다섯 가주는 한순간 말문이 탁 막혔다.

"자, 자문으로 새긴 것은 아니겠지요?"

곡상천이 신음하듯 나직이 중얼거렸다. 양지하는 팔꿈치까지 내린 옷깃을 여미며 조용히 대꾸했다.

"조잡한 자문이었다면 제가 이렇게 나서지도 않았겠죠. 몇 번이고 확인해 본 일입니다. 자문이 아닌 날 때부터 있던 점이나 사마귀 같은 거라고 하더군요."

"그, 그렇다면……!"

황영휘가 찢어져라 치켜뜬 눈으로 사진량을 쳐다보았다. 사진량은 옷깃을 여미고 천천히 돌아섰다. 양지하가 입꼬리를 살짝 말아 올리며 대답했다.

"제가 칠 할이라고 한 이유, 다들 아시겠죠?"

양지하의 말에 다섯 가주는 아무도 대꾸하지 않았다. 그저 무언가 복잡한 표정으로 양지하와 사진량을 번갈아 쳐다볼 뿐이었다.

다섯 가주들은 아무런 말 없이 서로의 반응을 살피기 급급

했다. 특히나 곡상천의 반응에 다른 가주들의 관심이 쏠렸다. 곡상천은 놀란 눈으로 사진량을 가만히 쳐다보았다.

사진량은 여전히 태연한 얼굴이었다. 하지만 그 존재감만큼은 이 자리의 누구보다 강했다. 마치 양기뢰를 눈앞에 두고 있는 것만 같았다.

진짜다.

그런 확신이 들었다. 다른 가주들의 표정도 마찬가지였다. 명백한 증거가 있으니 반박할 거리가 없었다. 이대로 가만히 있다간 아무것도 하지 못하고 다 잡은 고기를 풀어주게 될 것만 같았다.

곡상천은 저도 모르게 질끈 이를 깨물었다. 그러곤 무어라 대꾸하려는 찰나, 양지하가 벌떡 일어났다.

"다들 인정하시는 것 같으니 이제 일어나 볼게요. 정식 공표는 연회장에서 하도록 하겠습니다."

말을 마친 양지하는 그대로 사진량 등과 함께 회의실 밖으로 홀연히 나가 버렸다. 곡상천은 얼빠진 눈으로 이미 사라져 버린 양지하의 뒷모습을 좇았다. 네 사람이 빠져나가자 이내 회의실은 조용해졌다. 침묵을 참지 못한 등일천이 먼저 다급히 입을 열었다.

"다들 이대로 지켜보고만 계실 거요?"

"그럼 어쩌자는 거요? 아무래도 거의 확실한 듯한데. 나설 명분이 없지 않소."

적무광이 어쩔 수 없다는 듯 나직이 중얼거렸다. 뒤이어 황영휘가 적무광의 말에 동감을 표했다.

"섣불리 나섰다간 반란의 죄를 뒤집어쓸 수도 있지 않소."

"맞소이다. 지금은 그냥 넘겨야 할 것 같소."

녹음풍도 고개를 끄덕였다. 네 가주의 말을 가만히 듣고 있던 곡상천은 이내 피식 미소를 지었다. 대연회에서 무언가 예측 범위 밖의 일이 벌어질 거라던 흑의인의 말이 떠오른 탓이었다.

"다들 준비하시는 게 좋을 것 같소, 후후. 아무래도 재미있는 일이 생길 것 같으니……."

"그게 무슨 소리요, 철혈가주?"

"뭔가 준비하신 거라도 있소이까?"

날아드는 가주들의 질문에 곡상천은 의미심장한 미소를 지으며 가만히 고개를 끄덕였다.

第五章

진압

"남궁 형님! 이쪽에도 손 좀 빌려주십쇼!"

관지화의 외침에 남궁사혁이 인상을 확 찌푸리며 몸을 날렸다.

"아, 그놈 참! 그 정도는 알아서 처리하면 안 되냐?"

몸을 날린 남궁사혁이 검을 이리저리 휘둘렀다. 날카로운 파공성과 함께 입고 있던 옷이 잘린 무인이 털썩 주저앉았다. 남궁사혁은 그대로 바닥에 착지하며 중얼거렸다.

"엇차! 일단 마흔넷 해결. 다른 쪽은 어떠냐?"

"다들 밀리지 않고 제압하고 있답니다. 전부 다 해서 여든이 넘었다는군요."

남궁사혁의 질문에 부지런히 타구봉을 휘두르고 있던 오귀가 기다렸다는 듯 대답했다. 남궁사혁은 만족스러운 미소를 지으며 고개를 끄덕였다.

"제압한 놈들은 꽁꽁 묶어서 모두 한자리에 모아두라고."

남궁사혁은 자신에게 달려드는 무인을 가볍게 때려눕히고는 검에 묻은 피를 털어냈다.

사진량이 미리 귀띔을 하지 않았다면 천뢰일가의 지근거리에 본격적인 병력이 잠입해 있다는 것을 알아채지 못했을 것이다. 오대봉신가 중 어디서 보낸 자들인지는 알 수 없었지만, 양지하를 위협하는 자들을 용서할 수는 없었다.

오귀를 통해 개방의 병력을 지원받은 것도 다 이런 일을 대비하기 위해서였다. 그리고 그 대비책은 아주 유효적절한 효과를 발휘하고 있었다. 강한 무공을 숨긴 채, 위장하고 있는 자들을 골라내어 제압하는 방식으로 천뢰일가 주위에서 벌써 기백에 이르는 자들을 색출해 낸 것이다.

개방의 적극적인 원조가 아니었다면 불가능했을 터였다. 생각보다 많은 숫자가 넓게 퍼져 잠복하고 있었으니. 하지만 이제 대충 정리가 되어가는 것 같았다. 남궁사혁은 검을 회수하며 천뢰일가를 향해 몸을 날렸다.

"그럼 뒷정리는 다들 알아서 해라. 난 먼저 가볼 테니!"

말을 마침과 동시에 누가 붙잡기도 전에 남궁사혁의 모습이 순식간에 사라져 버렸다.

*　　　　*　　　　*

양지하는 천천히 연회장으로 나섰다. 수많은 사람이 한자리에 모여 웅성거리는 소리가 들려왔다. 막 연회장에 들어서기 전 걸음을 멈춘 양지하가 고개를 돌려 은규태를 쳐다보았다.

"은 총사."

"하명하십시오, 아가씨."

"대역을 준비해 주세요. 제가 부르면 금방 나올 수 있게 말입니다."

"알겠습니다."

대답과 함께 고개를 숙인 은규태는 뒷걸음질로 조용히 물러났다. 양지하는 자신의 뒤를 따르는 장일소와 사진량을 쳐다보며 말했다.

"당신들은 조금 이따가 소개한 후에 들어오도록 하세요. 가주들이 모두 모이고 난 후에 공식적으로 발표를 할 테니까요."

"그러지."

고개를 끄덕이며 사진량은 조용히 뒤로 물러났다. 양지하는 수많은 사람이 모여 있는 연회장으로 천천히 걸음을 옮기기 시작했다. 양지하가 연회장의 상석에 모습을 드러내자 수많은 사람이 일제히 소리쳤다.

"우오오오!"

뒤이어 오대봉신가의 가주들도 천천히 나와 상석에 자리를 잡았다. 봉신가의 가주들이 자리에 앉기를 기다리던 양지하는 다들 자리를 잡고 앉자 천천히 일어났다. 크게 소리치던 사람들이 일제히 입을 다물었다. 양지하는 온 힘을 다해 소리쳤다.

"이 자리에 모인 천뢰일가와 오대봉신가의 여러분. 오늘 이렇게 많은 분을 이 자리에 모신 것은 천뢰일가의 앞날에 중요한 사실을 선포하기 위해서입니다."

양지하는 잠시 말을 끊었다. 워낙에 큰 소리를 뱉어낸 터라 심장이 터질 듯 뛰었다. 창백한 얼굴이 붉게 달아오르고 호흡이 가빠졌다. 양지하는 손을 들어 심장 부위를 살짝 누르며 고개를 들었다. 연회장에 모인 수많은 인파의 시선이 자신에게로 향해 있었다.

양지하는 나직이 한숨을 내쉬었다. 그러고는 이내 다시 천천히 입을 열었다.

"다들 아시겠지만 그동안 본가는 가주의 와병으로 위태한 상황이었습니다. 하지만 그것을 모두 날려 버릴 수 있는 가주의 후계자를 찾아내었습니다. 이십여 년 전 행방불명된 가주의 친자를 찾아낸 것이지요."

거기까지 말하자 조용히 양지하의 말을 듣고 있던 사람들이 웅성대기 시작했다. 양지하는 다시 한 번 길게 한숨을 내쉬고는 말을 이었다.

"여기 오대봉신가의 가주들께서도 직접 확인하셨습니다. 안 그런가요?"

"커, 커험! 그, 그렇소."

"확인하였소이다."

황영휘와 녹음풍이 헛기침을 하며 고개를 끄덕였다. 나머지 세 가주도 살짝 고개를 끄덕이는 것으로 긍정했다. 양지하는 다시 사람들을 내려다보며 소리쳤다.

"그럼 소개하겠습니다. 천뢰일가의 새로운 주인이 될 고독검협 사진량 대협입니다. 본래 가주께서 지으신 이름이 있지만 그동안의 세월이 담긴 이름을 존중하는 의미로 그렇게 부르기로 했습니다."

양지하가 말을 끝내자 장일소와 함께 사진량이 천천히 상석으로 나왔다. 양지하의 옆에 선 사진량은 한 걸음 앞으로 나서며 소리쳤다.

"사진량이다."

짧은 한 마디였지만 중압감을 지닌 목소리에 좌중이 순식간에 조용해졌다. 그 순간, 철혈가주 곡상천이 벌떡 일어나며 소리쳤다.

"아직 납득이 가지 않소. 저자가 가주의 후계자일 가능성이 있긴 하지만 확실한 것은 아니지 않소. 다른 증거가 없으면 인정할 수 없소이다."

곡상천의 말에 다른 네 가주도 마치 약속이나 한 듯 벌떡 일어나 소리쳤다.

"철혈가주의 말이 맞소. 더 확실한 증거가 없으면 가주의 후계자로 절대 인정하지 않을 것이오!"

"옳소!"

"좀 더 확실한 증거를 내보시오!"

조금 전까지 회의실에서는 아무런 반박도 하지 않던 가주들이 갑자기 격앙된 얼굴로 소리쳤다. 연회장으로 나오는 사이 무언가 밀담이 오간 것 같았다. 봉신가주들의 외침에 좌중이 웅성거리기 시작했다.

"뭐, 뭐여?"

"그러면 가주의 후계자라는 작자가 가짜라는 건가?"

"가짜를 내세워 눈속임을 하려 들다니!"

양지하를 향한 비판이 사방에서 터져 나왔다. 하지만 양지하는 눈 하나 깜짝하지 않고 흘낏 고개를 돌렸다. 어느새 가까이 다가온 은규태가 뒤에서 대기하고 있었다.

양지하와 눈이 마주치자 은규태가 고개를 끄덕였다. 양지하는 천천히 고개를 돌려 사진량을 쳐다보았다.

"모두 조용히 하라."

사진량의 나직한 음성이 좌중에 퍼져 나갔다. 저마다 흥분해 떠들어대던 사람들이 저도 모르게 움찔하며 입을 다물었다. 사진량은 가만히 주위를 둘러보더니 오대봉신가의 가주들을 향해 시선을 돌렸다.

"아까 회의실에서는 아무 대꾸도 하지 못하더니 이게 무슨 짓이지?"

사진량의 나직한 음성이 주위를 크게 뒤흔들었다. 사진량의 눈빛을 받은 곡상천이 질끈 이를 악물며 소리쳤다.

"좀 더 확실히 하자는 말이오. 여기 모인 사람들 앞에서 자신을 증명해 보이면 누구도 불만을 갖지 않을 거요."

"일리 있는 말이군."

곡상천의 말에 사진량은 가만히 고개를 끄덕였다. 의외의 반응에 곡상천은 고개를 갸웃했다. 사진량은 이내 상석에 올라 웃옷을 벗어던졌다. 그러곤 천천히 돌아서서 뇌전 문양이 새겨진 왼쪽 어깨를 좌중에게 보이며 소리쳤다.

"보라! 이것이 내가 지닌 증표다. 이것이 거짓임을 말할 자 있는가!"

조금의 흔들림도 없는 당당한 외침에 좌중의 시선이 일제히 사진량의 왼쪽 어깨로 쏠렸다. 사진량의 어깨에 난 세 줄기 뇌전의 문양을 본 이들이 소란스레 떠들기 시작했다.

"본 적이 있어! 양 가주의 왼쪽 어깨에 저 문양이 있는 것을 말이다!"

"자문이 아니라면 진짜 가주의 혈연임이 틀림없어!"

웅성거리는 사람들 대부분이 사진량의 존재를 인정하고 있었다. 곡상천의 얼굴이 살짝 일그러졌다.

[대체 어쩔 생각이시오, 철혈가주!]

누군가의 전음이 들려왔다. 고개를 돌리자 냉혈가주 적무광이 자신을 쳐다보고 있었다. 곡상천은 흘끗 적무광을 쳐다보더니 이내 시선을 돌렸다.

[가만히 지켜보시구려.]

곡상천은 전음을 보낸 후, 양지하를 가만히 쳐다보았다.

"저런 것쯤 정교한 자문으로 충분히 조작할 수 있소이다. 누구도 반박할 수 없는 좀 더 확실한 증거는 없소?"

내공이 실린 곡상천의 말이 주위로 퍼져 나갔다. 떠들어대던 사람들이 저도 모르게 입을 다물고 상석으로 고개를 돌렸다. 양지하는 조금의 흔들림도 없이 날카로운 눈빛으로 곡상천을 노려보았다.

"좀 더 확실한 증거라……."

말꼬리를 흐리며 양지하는 천천히 고개를 돌렸다. 막 도착한 은규태가 눈에 들어왔다. 은규태가 고개를 끄덕이자 양지하는 다시 좌중을 향해 고개를 돌렸다.

"그렇게 원하신다면 보여 드리죠."

양지하의 말이 끝나자 뇌신각 호위 무사 넷이 상석으로 나가왔다. 동시에 은규태가 상석에 들어서며 소리쳤다.

"가주께서 드십니다. 물러나십시오."

순간 좌중이 술렁술렁해졌다. 전혀 예상치 못한 상황에 다섯 가주도 눈이 휘둥그레졌다. 이내 가마에 탄 양기뢰, 아니, 양기뢰의 대역인 곽삼이 모습을 드러냈다. 오랜 병색이 완연한 모습이었지만 누구인지는 확실하게 알아볼 수 있을 정도였다.

"가, 가주를 뵙습니다."

다섯 가주가 거의 동시에 곽삼을 향해 포권을 취했다.

[이게 어떻게 된 거요? 괜히 벌집만 쑤신 꼴이 되지 않았소!]

황영휘의 전음이 곡상천에게 전해졌다. 곡상천은 아무런 대꾸도 하지 않고 천천히 고개를 들어 곽삼을 쳐다보았다. 자신이 알고 있던 한창 시절의 양기뢰와는 확실히 달라졌다. 오랫동안 병상에 누워 있던 터라 목내이처럼 비쩍 마른 체형에, 검게 죽은 얼굴을 하고 있었다. 하지만 누가 봐도 양기뢰라고 알아볼 수 있을 정도였다.

'뭐지? 그자가 말하던 재밌는 일이라던 게 이거였나?'

곡상천은 저도 모르게 입술을 꽉 깨물었다. 어쩐지 생각대로 일이 풀리지 않을 것 같았다. 가마에 앉은 곽삼의 시선이 천천히 양지하에게로 향했다.

"지, 지하야… 내 딸아……."

양지하가 조심스레 곽삼에게 다가갔다. 곽삼은 바르르 떨리는 손을 들어 양지하의 머리를 쓰다듬었다. 이내 곽삼의 시선이 자신을 쳐다보고 있는 사진량에게로 향했다.

곽삼의 눈이 갑자기 커졌다. 곽삼은 바르르 떨리는 손으로 사진량을 가리켰다.

"저, 저 아이는……!"

"네, 아버지. 찾았어요. 장노가 아버지의 명령대로 드디어 찾은 거예요."

양지하는 일부러 과장된 어투로 말했다. 곽삼이 미리 맞춰둔 대사를 천천히 아주 천천히 뱉어내기 시작했다.

"가, 가까이 오거라. 이리 가까이……."

곽삼의 손짓해 무표정한 얼굴을 한 사진량이 천천히 다가갔다. 곽삼은 떨리는 손을 뻗어 사진량의 얼굴을 쓰다듬었다. 이내 곽삼의 입이 천천히 벌어졌다. 좌중은 숨소리 하나 내지 않고 곽삼의 입에서 흘러나오는 소리에 집중했다.

"아, 아아… 드, 드디어……."

신음하듯 흘러나오는 나직한 음성에 집중한 좌중의 눈이 점점 커져갔다. 잠시 끊어졌던 곽삼의 음성이 다시 흘러나왔다.

"차, 찾았… 내 아드……! 컥!"

결정적인 대사가 흘러나오는 순간, 곽삼이 갑자기 왈칵 피를 토했다. 검게 죽은피가 터져 나와 사진량과 양지하를 덮쳤다. 전혀 예상치 못한 상황에 양지하는 화들짝 놀라며 곽삼을 쳐다보았다.

"쿠, 쿨럭! 쿨럭!"

곽삼은 연신 기침과 함께 피를 토해냈다. 퍼뜩 정신을 차린 양지하가 무언가 조치를 취하려는 찰나.

"커헉!"

단말마의 비명과 함께 곽삼은 그대로 축 늘어졌다. 그러곤 잠시 부르르 몸을 떠는가 싶더니 더 이상 움직이지 않았다.

"주, 죽었어?"

누군가 더듬거리며 입을 열었다. 침묵이 가득하던 좌중에 갑자기 소란이 일기 시작했다.

"가, 가주께서 돌아가셨다!"

"이, 이럴 수가! 이게 무슨!"

소란에 이어 순식간에 혼란이 찾아왔다.

갑작스러운 양기뢰의 죽음.

그것을 현장에서 목격한 수십, 수백 명의 사람들.

장내엔 혼란이 가득했다. 가장 큰 혼란에 빠진 것은 절명해버린 곽삼의 앞에 있는 양지하였다.

"이, 이게 도대체……?"

전혀 예정에 없던 일이었다. 자신의 계획대로라면 곽삼은 결정적인 증언을 한 후, 조용히 잠이 들어야 했다. 혹시나 싶어 몇 번이고 곽삼의 상태도 확인해 본 양지하였다. 일부로 살을 빼게 하고 병색이 완연한 것처럼 분장도 했지만 이렇게 갑자기 죽어버릴 정도의 상태는 아니었다.

그런데 갑자기 왜……?

양지하는 동요를 감추지 못하는 눈으로 고개를 돌렸다. 당황한 표정을 한 은규태와 눈이 마주쳤다. 순간 양지하는 깨달을 수 있었다. 은규태의 당황한 표정에는 진심이 담겨 있지 않았다. 그저 겉으로만 당황한 척하고 있을 뿐이었다.

방심한 것이었다.

은규태를 완전히 신뢰한 것은 아니었지만, 그렇다고 아예 믿을 수 없는 자라고 생각한 적은 없었다. 그런데 저 진심을 숨기고 있는 표정은 무어란 말인가. 혼란에 혼란이 겹쳐졌다. 도무지 판단을 내릴 수 없는 상황이었다.

양지하는 떨리는 눈으로 고개를 돌려 사진량을 쳐다보았다. 조금의 동요도 없는 사진량의 모습에 조금이나마 혼란이 가시는 것 같았다.

'놈이 말하던 게 이거로군!'

곽상천은 갑작스러운 양기뢰의 죽음에 혼란에 빠진 주위를 둘러보며 입꼬리를 말아 올렸다. 양기뢰의 숨이 끊어지기 직전에 하려던 말은 정황상 어느 정도 추측이 가능했다. 하지만 그것을 입밖으로 내지 못했다는 것이 중요했다.

게다가 양기뢰의 갑작스러운 죽음으로 찾아온 혼란, 이것은 크나큰 기회가 될 수도 있었다. 빠르게 결정을 내린 곡상천은 네 가주에게 전음을 날렸다.

[다들 뭣들 하시는 게요! 지금이 기회요! 어서 병력을 일으키시오!]

갑작스러운 상황에 당황한 네 가주는 곡상천의 날카로운 일갈에 퍼뜩 정신을 차렸다. 하지만 그저 주위만 둘러볼 뿐 아무것도 하려 하지 않았다. 곡상천의 전음이 곧장 뒤이어졌다.

[이대로 아무것도 하지 않고, 저 사진량이라는 애송이 놈에게 천뢰일가를 빼앗기고 싶은 거요! 양 가주가 쓰러진 지금이 기회란 말이오!]

곡상천의 다그침에 황영휘와 녹음풍, 그리고 등일천은 거의 동시에 버럭 소리쳤다.

"광풍대는 들으라! 지금 당장 연회장을 제압하고, 천뢰일가를 점거한다!"

"열혈가도 나서야 할 것이다!"

"적혈가도 가만히 있지는 않을 것이다! 염원하던 천뢰일가를 우리가 지배할 것이다!"

세 가주들의 외침이 터져 나오자, 서로 뒤섞여 있던 자들이 저마다 고함을 지르며 각자의 검을 뽑아 들었다.

"가주의 명을 받들라!"

"우아아!"

챙! 채챙!

오대봉신가 병력의 갑작스러운 공격에 미처 대응하지 못한 천뢰일가의 가솔들이 하나둘 쓰러지기 시작했다. 날카로운 금속성과 비명, 터져 나오는 핏줄기가 연회장을 가득 채웠다.

"컥!"

"끄아악!"

곽삼이 절명하자마자 벌어진 일이었다. 양지하는 벌떡 일어나 소리쳤다.

"다들 멈춰요!"

하지만 이미 아수라장이 된 연회장에 양지하의 외침은 전해지지 않았다. 양지하는 질끈 입술을 깨물며 다섯 가주를 노려보았다.

"당신들… 지금 이게 무슨 짓이죠? 당장 멈추게 해요. 지금 당장!"

꽉 깨문 입술에서 붉은 피가 흘러나와 턱 아래로 주륵 흘렀다. 창백한 얼굴과 대비되는 붉은빛이 아름답게 느껴졌다. 곡상천이 피식 미소를 지으며 대꾸했다.

"왜 그만둬야 하는 거요? 정체도 알지 못하는 자에게 천뢰일가를 넘기는 것보단 이쪽이 훨씬 낫지 않겠소?"

"지금 그게 말이라고… 좀 전에 아버지가 한 말을 듣고도 그런 말을……!"

"글쎄. 무슨 말을 하려다 만 것 같긴 하지만 그게 뭔지 알 바 아니오. 중요한 것은 이제 천뢰일가는 네 것이 아니라는 것이지. 크크크."

비웃음이 가득한 곡상천의 말에 양지하는 으득 이를 악물었다. 하지만 자신은 지금 상황에서 아무것도 도움이 될 수 없었다. 양지하는 자신의 옆에 있는 사진량에게로 고개를 돌렸다. 사진량은 무표정한 얼굴로 가만히 다섯 가주를 쳐다보고 있었다.

"결국 이런 것이었나?"

사진량은 난장판이 된 연회장을 흘끗 내려다보며 조용히 중얼거렸다. 나직한 중얼거림이었지만 다섯 가주들에게는 지금 이 자리에서 터져 나오는 어떤 소리보다 선명하게 들려왔다. 곡상천이 검을 뽑아 들며 소리쳤다.

채챙!

"이제 너희 둘만 사라지면 모두 끝나는 것이다!"

곡상천은 금방이라도 달려들 것처럼 내공을 끌어 올리기 시작했다. 새파란 검광이 번쩍였다. 가만히 그 모습을 지켜보던 사진량은 한 걸음 앞으로 나서며 중얼거렸다.

"개판이로군. 이 정도로 엉망일 줄이야. 이게 그 천뢰일가의 현실인가……"

"무엇들 하시는 게요. 어서 저자를 쓰러뜨리고, 양가 계집을 잡아야 하지 않소!"

곡상천의 날카로운 다그침에 적무광을 제외한 나머지 세 가주들이 동시에 검을 뽑아 들었다.

챙! 채챙!

조용히 눈에 띄지 않게 한 걸음 뒤로 물러나는 적무광의 모습에 곡상천의 눈썹이 꿈틀했다. 하지만 급박한 상황이라 딴청을 피울 시간이 없었다.

곡상천은 곧장 사진량에게로 시선을 돌렸다. 직접 상대해 본 적은 없지만 상당한 무공의 소유자임에는 틀림없었다. 봉신가의 주력 병력을 아무도 죽이지 않고 내공의 금제를 걸어 제압한 장본인이었으니.

하지만 자신을 포함해 다섯, 아니, 네 가주의 합공이라면 충분히 제압할 수 있을 것이다. 곡상천은 입꼬리를 말아 올리며 조용히 가주들에게 전음을 보냈다.

[다들 동시에 저자를 상대하는 거요. 저자가 아무리 강하다 해도 우리의 합공을 버텨내지는 못할 것이오. 단숨에 제압하고, 양가 계집을 사로잡는 거요. 속전속결이외다. 이 상황을 바로 끝내려면 이 방법밖에 없소. 이후의 일은 서로 의논해서 결정하도록 합시다.]

[좋소이다!]

[철혈가주의 말에 따르겠소.]

저마다 동의를 표하는 가주들의 전음을 들으며 곡상천의 회심의 미소를 지었다. 곡상천은 사진량을 가만히 노려보며 전음을 보냈다.

[내가 셋을 세면 바로 공격하는 거외다. 하나, 둘… 셋!]

곡상천이 전음으로 셋을 외친 순간, 검을 뽑아 든 네 가주는 거의 동시에 사진량을 향해 달려들었다.

파파팍!

사진량은 달려드는 네 가주의 모습에 반 보 앞으로 나서며 검을 뽑아 들었다. 동시에 네 방향에서 사진량의 요혈을 노리고 검이 날아들었다.

스파팍! 파팍!

섬뜩한 파공성이 터져 나왔다. 하지만 사진량은 눈 하나 깜짝하지 않고 조용히 검을 내리 그으려 했다.

순간.

파팟!

낮은 파공성과 함께 사진량의 앞으로 검은 그림자 하나가 날아들었다. 사진량은 내리 긋던 검을 멈춰 세웠다.

그 순간.

파캉! 파카캉!

날카로운 파열음과 함께 사진량에게 날아들던 네 가주의 검이 튕겨 나갔다. 네 가주는 반탄력을 이기지 못하고 뒤로 몇 걸음 물러났다.

"큿!"

"이런!"

"뭐지?"

"누구냐!"

네 가주가 동시에 버럭 소리쳤다. 사진량이 아닌 다른 누군가가 갑자기 튀어나와 자신들의 공격을 튕겨낸 것이었으니.

내공을 끌어 올려 반탄력을 해소한 네 가주의 시선이 동시에 사진량에게로 향했다. 사진량의 앞에는 어느샌가 나타난 사내 하나가 씨익 미소를 지으며 한숨을 토해내고 있었다.

"후우! 다행히 안 늦었구만. 어떠냐? 이 몸의 유효적절한 등장이?"

능글맞은 미소를 지으며 사진량을 흘낏 쳐다본 사내는 바로 남궁사혁이었다. 남궁사혁과 눈이 마주친 사진량은 저도 모르게 한숨을 내쉬며 중얼거렸다.

"뭐냐? 그쪽 일은 끝난 거냐?"

"당연하지. 뒷정리만 남은 거 같아서 애들한테 맡기고 바로 달려왔다. 딱 도착하자마자 네 녀석이 다구리당하고 있는 거 같아서 끼어들었지, 뭐. 양 소저는 괜찮으십니까?"

사진량의 질문에 빠르게 대답한 남궁사혁은 더 관심 없다는 듯 바로 양지하를 쳐다보며 물었다. 양지하는 갑자기 등장한 남궁사혁의 모습에 놀란 눈을 하고 있었다. 이내 놀람을 가라 앉힌 양지하는 남궁사혁의 질문에 고개를 끄덕이는 것으로 대답을 대신했다.

"건방진!"

"감히 어느 자리라고 끼어드는 거냐, 애송이!"

자신들은 안중에도 없다는 듯 행동하는 남궁사혁의 모습에 흥분한 가주들이 버럭 소리치며 달려들었다.

파팟! 스카칵!

섬뜩한 파공성이 사방에서 터져 나왔다. 하지만 남궁사혁은 눈 하나 깜짝하지 않고 그대로 바닥을 박차고 빙글 사진량의 머리 위를 넘어 뒤로 물러났다.

"읏차! 난 여기까지다. 나머진 네가 알아서 해라. 난 양 소저를 지켜야 하거든."

허공에서 크게 공중제비를 돈 남궁사혁은 그대로 양지하의 바로 앞에 착지하며 사진량을 향해 말했다. 남궁사혁이 갑자기 몸을 빼내는 바람에 달려든 가주들의 공격은 그대로 사진량을 향해 날아들었다.

"후우, 네 녀석답군."

나직이 한숨을 내쉰 사진량은 그대로 검을 들어 올려 좌우로 내리 그었다.

빠캉! 퍼컥!

공격해 들어온 네 가주의 검과 사진량의 검이 부딪친 순간, 사진량의 암경이 마주친 검을 타고 네 가주에게 흘러 들어갔다. 동시에 터져 나온 날카로운 파열음과 함께 네 가주의 검이 부러져 튕겨 나갔다.

"크윽!"

"큭!"

"컥! 제, 젠장!"

"우욱!"

네 가주는 저마다 신음을 토해내며 뒤로 물러났다. 부러진 검병을 쥔 손아귀에서 피가 흘러나왔다. 하지만 손아귀의 고통보다는 내상이 더욱 심했다. 검을 맞부딪친 짧은 순간 파고든 사진량의 공격적인 암경이 내부를 진탕시키고 있었다.

네 가주는 뿌득 이를 악물며 전력을 다해 내공을 끌어 올려 사진량의 암경을 몰아냈다. 그것을 알아챈 사진량이 입꼬리를 살짝 말아 올리며 말했다.

"제법 따끔하지 않았소? 아직 시작도 하지 않았으니 기대하시오."

"건방진!"

"감히 누구 앞이라고 여유를 부리는 게냐!"

"지금 당장 산산조각을 내주마!"

"죽고 싶은 게냐!"

네 가주는 저마다 분노를 토해내며 조금 전과는 비교도 할 수 없을 정도로 살기를 뿜어냈다. 그러곤 서로 약속이나 한 듯 부러진 검을 사진량에게 집어던지는 것과 동시에 내공을 끌어올리며 달려들었다.

파파팍!

섬뜩한 살기를 뿜어내는 네 가주의 모습에도 사진량은 조금도 흔들리지 않았다. 오히려 뒤에서 지켜보고 있던 양지하가 살기를 느끼고는 어깨를 바르르 떨었다.

"꽤, 괜찮을까요?"

양지하는 저도 모르게 자신의 앞을 가로막고 선 남궁사혁의 팔을 붙잡으며 물었다. 갑작스러운 양지하와의 접촉에 남궁사혁은 순간 헤벌쭉한 표정을 지었다가, 이내 진지한 얼굴을 가장하며 대답했다.

"제가 괜히 끼어들었다간 오히려 방해만 될 겁니다. 저 정도의 상대라면 저 녀석만으로도 충분합니다, 양 소저. 그나저나 어디 다치신 곳은 없습니까?"

양지하의 얼굴과 옷에 묻은 피를 본 남궁사혁이 물었다. 양지하는 대답 대신 고개를 끄덕이며 사진량을 쳐다보았다. 살기등등한 얼굴을 한 네 가주가 막 사진량을 덮치려는 순간이었다.

"야, 이제 적당히 끝내라. 양 소저께서 걱정하시잖냐."

남궁사혁이 대수롭지 않다는 듯 툭 말을 던졌다. 그 순간, 사진량이 갑자기 한쪽 무릎을 숙이며 자세를 낮췄다.

그리고.

번쩍! 콰르릉!

눈부신 섬광과 함께 엄청난 폭음이 터져 나왔다. 거센 기세로 달려든 네 가주는 짧은 신음과 함께 달려들던 기세 그대로 튕겨 나갔다.

"컥!"

"크윽!"

왈칵 피를 토하며 튕겨 나간 네 가주는 그대로 난장판이 된 연회장까지 주룩 밀려나 저마다 십수 명의 사람과 부딪친 후에야 바닥에 툭 떨어졌다.

"으어억!"

"뭐, 뭐야, 이거?"

"어엇!"

갑작스레 튕겨 날아온 네 가주의 몸에 부딪친 사람들은 저마다 비명을 지르며 넘어지거나, 다른 이들의 발에 깔리기도 했다. 그 덕분에 연회장의 소란이 잠시 소강상태에 들어갔다. 네 가주가 튕겨 나간 방향대로 연회장이 네 조각이 난 것이다.

"이, 이게 대체……?"

단 일격에 네 가주를 제압해 버린 사진량의 무위에 양지하는 놀란 눈을 치켜떴다. 믿을 수 없는 일이었다. 오대봉신가의 가주라면 최소한 구파일방의 장문인에 뒤지지 않는 무공의 소유자들이었다. 그런 이들을 단 일격에 모두 쓰러뜨리다니.

봉신가의 가주들이 보낸 병력을 단 한 사람도 죽이지 않고 제압했다는 이야기를 들은 적이 있긴 하지만, 그것은 장일소나 남궁사혁을 비롯한 다른 일행이 있을 때였다. 그래서 양지하도 그럴 수 있을 거라며 대수롭지 않게 넘겼었다.

그런데 이번에는 달랐다. 혼자서 오대봉신가의 가주 넷을 한꺼번에 모두 쓰러뜨리다니. 자신의 눈앞에서 펼쳐진 상황임에도 도무지 믿어지지가 않았다. 그때 뽑아 든 흑색 검신이 유려하게 빛나는 검을 천천히 회수하며 사진량이 중얼거렸다.

"흐음, 힘을 너무 과하게 쓴 것 같군."

"끄, 끄으으……!"

네 갈래로 튕겨 나가 쓰러진 가주들은 몸을 일으키지 못하고 있었다. 극심한 내상으로 내공이 마구 날뛰고 있었다. 절로 신음을 흘리며 통제 불능의 내공을 바로잡으려 해보았지만 내상이 워낙에 심해 소용이 없었다.

"컥! 쿨럭 쿨럭!"

기침과 함께 터져 나온 피에 내장 조각이 섞여 있었다. 그나마 가장 먼저 몸을 일으킨 것은 곡상천이었다. 찢어져라 치켜 뜬 눈에 핏발이 가득한 얼굴로 곡상천은 비틀거리며 억지로 일어났다. 곡상천의 시뻘건 눈에 비친 것은 자신을 오연하게 내려다보는 사진량의 모습이었다.

당장에라도 달려들어 죽여 버리고 싶었지만, 몸이 제대로 움직여지지 않았다. 간신히 일어서기는 했지만 내상으로 들끓는 내공이 온몸을 두드려 대는 것 같았다.

곡상천은 뿌득 이를 악물고 억지로 사진량을 노려보았다. 날뛰는 내공을 진정시키려 애썼지만 워낙에 내상이 심해 아무 소용이 없었다.

'비, 빌어먹을! 일이 이렇게 꼬이다니……'

예상을 뛰어넘는 사진량의 무공이 모든 것을 뒤흔들어 놓았다. 아무리 사진량이 강하다 해도 자신을 포함한 가주들의 합공을 버텨낼 수 있으리라고는 생각지도 못한 것이다. 아니, 생각조차 할 수 없었다. 아무리 나이를 많이 잡아도 이립(而立: 30세)도 채 되지 않은 자의 무공이 자신들을 아득히 뛰어넘다니.

상식적으로 있을 수 없는 일이었다.

마음만 먹는다면 구파일방의 장문인쯤은 순식간에 쓰러뜨릴 자신이 있는 곡상천이었다. 미세한 차이가 있긴 하지만 다른 가주들의 무공도 엇비슷한 수준이었다. 그런데 사진량은 고작 일격에 곡상천, 자신을 비롯한 네 가주를 쓰러뜨렸다. 적어도 내공 수위가 두 배 이상의 차이가 있다는 뜻이었다.

젊은 나이에 그렇게까지 깊고 중후한 내공을 지녔다는 것은 믿기 힘든 일이었다. 하지만 사실이었다. 사진량의 무공은 어쩌면 한창 때의 양기뢰보다 훨씬 강할지도 모른다는 생각이 문득 들었다.

부들! 부들!

간신히 버티고 선 두 다리가 미칠 듯 후들거렸다. 곡상천은 버티지 못하고 그 자리에 털썩 주저앉았다. 더 이상은 서 있을 힘조차 남아 있지 않았다.

곡상천이 쓰러진 그 순간, 상석에서 날카로운 눈빛으로 상황을 지켜보던 냉혈가주 적무광이 앞으로 나오며 소리쳤다.

"냉혈가의 가인들은 들으라! 지금 당장 가증스러운 반란자들을 제압하라!"

적무광의 커다란 음성에 지금껏 제대로 된 공격은 하지 않고 방어만 하던 냉혈가의 무인들이 적극적인 공세에 나섰다. 냉혈가의 무인들이 합세한 덕분에 계속 밀리기만 하던 천뢰일가의 무인들은 조금 여유가 생겼다.

봉신가의 가주들이 공격 명령을 내리고, 사진량이 가주들을 쓰러뜨리기까지 그리 긴 시간이 지난 것은 아니었지만 워낙에 사람들이 많이 모여 있던 탓에 희생자의 숫자는 상당했다. 그나마 냉혈가의 합세로 어느 정도 균형이 맞춰져 더 많은 희생

자가 생길 것 같지는 않았다.

"이제 끝난 것… 같군요."

사진량의 예상을 뛰어넘는 무위에 잠시 당황했던 양지하는 차분함을 되찾고 상황을 지켜본 후, 나직이 중얼거렸다. 어느 정도 반발이 있을 거라고는 생각했었지만 격렬한 무력 대응을 할 거라고는 생각지도 못한 탓에 피해가 컸다. 하지만 이제야 조금씩 외부에 있던 천뢰일가의 무인들이 달려오고, 냉혈가까지 합류했으니 금방 진압될 터였다.

한편 사진량은 지금껏 침묵하다가 갑자기 불쑥 끼어든 냉혈가주, 적무광을 쳐다보고 있었다. 적무광은 자신을 향한 사진량의 시선을 모르는지 등을 보인 채, 냉혈가의 무인들을 지휘하고 있었다.

'뱀처럼 요사스러운 자로군.'

지금껏 조용히 상황을 살피다가 승세가 한쪽으로 기울자 불쑥 나선 적무광의 모습이 가증스럽기 짝이 없었다. 더 이상은 적무광이 앞장서는 꼴을 보고 싶지 않았다. 사진량은 흘끔 남궁사혁을 쳐다보았다. 남궁사혁은 알겠다는 듯 고개를 끄덕이며 양지하에게로 돌아섰다.

"잠깐 시끄러워질 겁니다, 양 소저. 두 손으로 귀를 막고 잠시 내게 몸을 맡겨주시지 않겠습니까?"

"그게 무슨……?"

남궁사혁의 말에 양지하는 고개를 갸웃했다. 이내 사진량이 천천히 고개를 돌리자 남궁사혁은 그대로 양지하를 안아 들며 말했다.

"시간 없습니다. 그럼 실례……!"

남궁사혁이 양지하를 안아 드는 것과 동시에 사진량이 천천히 오른발을 들었다. 그리고 그대로 바닥으로 오른발을 내리찍으며 소리쳤다.

콰쾅!

"모두 멈춰라!"

낮은 폭음과 함께 사진량을 중심으로 마치 지진이라도 난 듯 큰 진동이 사방으로 퍼져 나갔다. 남궁사혁은 사진량이 발을 내리찍기 전에 풀쩍 뛰어올라, 바닥의 진동에서 벗어났다.

주위를 쩌렁쩌렁 울리는 사진량의 목소리에 남궁사혁의 품에 안긴 양지하는 저도 모르게 두 손으로 귀를 꽉 막았다.

"으억!"

"뭐, 뭐야!"

"크악!"

서로 뒤엉켜 난잡하게 싸우고 있던 연회장의 인파는 뇌성처럼 울리는 사진량의 음성과 강한 바닥의 진동에 비명을 지르며 쓰러졌다. 다급히 몸을 일으키려 했지만 진동이 워낙 강해 제대로 일어설 수가 없었다. 그 모습을 보며 사진량이 다시 한

번 소리쳤다.

"지금부터 검을 휘두르는 자는 절대 용서치 않겠다."

말을 마침과 동시에 사진량은 오른발을 축으로 사방에 퍼뜨린 내공을 빠르게 회수했다. 바닥을 뒤흔들던 진동이 차츰 잦아들었다. 바닥에 쓰러진 이들이 하나둘 몸을 일으켰다. 하지만 조금 전과는 달리 검을 쥐고 서로에게 달려들지 않았다.

사진량의 외침 때문이었다. 진동과 함께 전해진 사진량의 외침은 절대 거역할 수 없는 위엄이 서려 있었다. 사진량의 목소리를 들은 자들은 누구도 섣불리 움직이지 못했다. 손가락 하나 잘못 까딱했다간 목숨이 달아날지도 모른다는 생각이 들었다.

꿀꺽!

누군가 긴장을 감추지 못하고 소리 나게 침을 삼켰다. 아수라장이던 조금 전과는 달리 장내에는 침묵만이 가득했다.

탁!

때마침 높이 뛰어올랐던 남궁사혁이 조용히 착지했다. 남궁사혁은 조심스레 안아 든 양지하를 내려주며 물었다.

"괜찮으십니까, 양 소저? 저 녀석이 워낙에 무식해서 예의에 어긋난 줄은 알지만 어쩔 수 없었습니다."

남궁사혁은 오른손 엄지로 자신의 등 뒤에 있는 사진량을 슬쩍 가리켰다. 양지하는 살짝 놀란 얼굴로 남궁사혁을 쳐다보았다.

"저, 전 괜찮아요."

이내 양지하의 눈이 사진량에게로 향했다. 등을 보인 채 가만히 연회장을 내려다보고 있는 사진량의 모습에서 양기뢰의 모습을 떠올린 양지하의 눈이 저도 모르게 파르르 떨렸다.

"반란자들을 모두 포박하라!"

장내가 조용히 정리되어 가는 와중에 갑자기 적무광이 불쑥 끼어들었다. 사진량의 무표정하지만 날카로운 눈빛이 적무광에게로 향했다. 사진량과 눈이 마주친 적무광은 저도 모르게 어깨를 움찔했다. 사진량의 입이 천천히 벌어졌다.

"그쪽은 조용히 하는 게 좋을 텐데?"

사진량의 음성에서 전해지는 싸늘한 한기에 적무광은 입을 다물었다. 아니, 입이 벌어지지 않았다. 마치 아혈이라도 점혈당한 것만 같았다.

적무광이 입을 다물자 사진량은 천천히 돌아섰다. 그러곤 그 자리에 못 박힌 듯 서 있는 은규태를 가만히 쳐다보았다.

흠칫!

자신을 향한 사진량의 시선에 은규태는 맹수 앞의 초식동물이 된 것 같은 기분에 어깨를 떨었다. 이 자리에서 벗어나야 한다. 본능적인 생각에 은규태는 저도 모르게 뒷걸음질 쳤다.

"멈춰요, 은 총사."

순간 옆에서 들려온 양지하의 음성에 은규태는 덜컥 멈춰

섰다. 억지로 굳은 고개를 돌리자 싸늘한 눈빛으로 자신을 노려보고 있는 양지하의 모습이 보였다. 양지하는 천천히 은규태에게 다가갔다.

"야, 양 소저, 그렇게 갑자기 나서면 위험합니다."

황급히 남궁사혁이 양지하의 옆에 따라붙었다. 세 걸음 앞에서 걸음을 멈춘 양지하는 가만히 은규태를 쳐다보았다. 은규태는 저도 모르게 양지하의 눈을 피했다. 고개를 돌린 은규태의 귀에 양지하의 싸늘한 음성이 들려왔다.

"왜… 그러셨나요, 은 총사?"

"무, 무엇을 말입니까?"

영문을 모르겠다는 듯 고개를 갸웃거리는 은규태의 눈동자는 미세하게 파르르 떨리고 있었다. 양지하는 눈 하나 깜짝하지 않고 은규태를 가만히 쳐다보았다. 은규태는 차마 고개를 들지 못했다. 양지하는 죽은 곽삼의 시신을 가리키며 다시 물었다.

"왜 그랬냐고 물었어요, 은 총사."

"도대체 무슨 말씀이신지……?"

은규태는 여전히 양지하가 무슨 소릴 하는지 모르는 척하며 고개를 갸웃했다. 양지하는 한 걸음 앞으로 나서며 날카롭게 쏘아붙였다.

"내 눈 똑바로 보고 말해요."

하지만 은규태는 여전히 고개를 들지 못했다. 가만히 상황을 지켜보던 남궁사혁이 불쑥 말했다.

"거, 되게 발뺌하시네. 딱 봐도 그쪽이 수작 부린 건 뻔해 보이는구만. 말로 하지 말고 그냥 적당히 다져주면 술술 불 거 같은데. 어떻게 할 까요, 양 소저?"

슬며시 그러쥔 남궁사혁의 주먹에서 뿌득하며 관절의 마찰음이 들려왔다. 허연 이를 드러내며 씨익 미소를 짓는 남궁사혁의 모습이 은규태의 눈에는 마치 악귀처럼 보였다.

은규태와 잠깐 눈을 마주친 남궁사혁은 양지하를 쳐다보았다. 양지하는 고개를 살짝 내저으며 말했다.

"그렇게까지 할 필욘 없어요. 일단 움직이지 못하게 제압해주시겠어요, 남궁 소협?"

"넵! 알아 모시겠습니다!"

대답과 동시에 남궁사혁은 손가락을 여러 번 퉁겼다.

파파팍!

퉁겨낸 손가락에서 뻗어나간 지풍이 은규태의 마혈과 아혈을 동시에 두드렸다. 은규태는 신음 한 번 지르지 못하고 온몸이 굳어 그 자리에 털썩 쓰러졌다. 은규태가 그대로 쓰러지는 순간, 저 멀리서 수많은 사람의 함성이 들려왔다.

"우오오오!"

달려오는 수많은 사람의 발소리가 진동으로 전해져 왔다. 양지하의 얼굴이 순식간에 창백해졌다.

"뭐, 뭐죠, 이건?"

안력을 높여 소리가 들려온 방향을 가만히 쳐다보던 남궁사혁은 씨익 미소를 지으며 대답했다.

"아아, 괜찮습니다, 저건. 며칠 전부터 주위에서 얼쩡거리던 놈들을 정리하려고 개방의 도움을 좀 받았는데 다 끝내고 이쪽으로 도와주려고 오는 모양입니다."

맨 앞에서 달려오는 오귀와 관지화, 그리고 고태의 모습이 남궁사혁의 눈에 들어왔다. 그 뒤를 따르는 수많은 개방도의 모습도. 남궁사혁의 말에 양지하는 고개를 갸웃하며 물었다.

"개방도… 라뇨?"

"하핫! 어쩌다 보니 개방과 연이 닿아서 말입니다. 뭐, 자세한 건 나중에 기회가 되면 말씀드리겠습니다."

"주위에서 얼쩡거리는 놈들이란 건 도대체……?"

"글쎄요. 저 다섯 가주 중 하나, 아니면 그 이상이 몰래 배치해 둔 병력이겠죠. 어느 쪽인지는 모르겠지만 일단 모두 포박해 뒀으니 끌고 와서 알아보면 되겠죠."

크게 관심을 보이는 양지하의 모습에 남궁사혁은 속으로 쾌재를 부르며 대답했다.

'앗싸! 이번 일로 꽤나 호감도가 올라가겠군. 네 덕분이다, 망할 친구 노… 아니, 처남~!'

남궁사혁은 흘끔 사진량을 쳐다보며 속으로 중얼거렸다. 아무엇도 하지 못하고 가만히 서 있기만 하는 적무광을 지켜보던 사진량은 자신을 향한 시선을 느끼고는 천천히 고개를 돌렸다. 순간 눈이 마주친 남궁사혁은 씨익 미소를 지었다. 이내 시선을 돌린 남궁사혁을 물끄러미 쳐다보던 사진량은 조용히 중얼거렸다.

"실없는 놈."

맨 앞에서 개방도들을 이끌고 천뢰일가로 진입한 오귀는 곧장 연회장을 향해 내달렸다. 대부분의 병력이 연회장을 진압하려 모인 탓에 오귀 일행은 거의 방해를 받지 않고 안으로 들어올 수 있었다. 어쩐지 연회장 쪽이 조용한 것으로 보아 사건이 다 정리가 된 것처럼 보였다.

'다 끝난 거로군.'

오귀는 속으로 중얼거리면서도 걸음을 서둘렀다. 이내 연회자의 모습이 눈에 들어왔다. 수많은 무인이 쓰러져 있거나, 포박된 것이 보였다. 그리고 상석으로 보이는 높은 자리에 있는 남궁사혁의 모습이 눈에 들어왔다.

오귀는 곧장 상석으로 몸을 날리며 소리쳤다.

"주구— 우운!"

누구보다 빠르게 연회장으로 달려든 오귀는 그대로 바닥을 박차고 날아올라 화려한 공중제비를 빙글빙글 돈 후에 상석의 남궁사혁 바로 앞에 착지했다. 착지와 동시에 오귀는 무릎을 꿇고 고개를 깊이 숙였다.

황당하기 짝이 없는 오귀의 등장에 남궁사혁은 순간 어이가 없어 할 말을 잃었다. 오귀는 마치 칭찬을 해달라는 듯 무릎을 꿇고 고개를 숙인 채 소리쳤다.

"현 시간까지 명령하신 바, 모두 처리했습니다. 제압해서 억류한 인원은 총 사백구십이 명. 그중 워낙 저항이 심해 어쩔 수 없이 심각한 상세를 입은 것이 스물다섯입니다."

"우리 쪽 피해는?"

"까다로운 상대는 주군께서 다 상대해 주셔서 그리 많지 않습니다. 중상은 하나에 찰과상 정도의 경상이 서른일곱입니다."

"다행히 피해 상황은 생각보다 적구만."

남궁사혁의 말에 오귀는 슬쩍 고개를 들며 대꾸했다.

"아시다시피 원래 개방이 집단 전술에 능하지 않습니까? 최소 셋만 있으면 타구진(打狗陣)을 펼치는데 아무 이상이 없으니 그렇게 다니면서 처리하라고 했습죠."

"오냐. 장하다 그래. 근데 억류한 놈들은 어디 있는 거냐?"

이제 거의 근처에까지 온 자들은 모두 개방도로 보였다. 남궁사혁의 질문에 오귀는 흘끔 고개를 돌려 다가오는 개방도들을 쳐다본 후, 대답했다.

"일단 오십 정도 남겨두고 왔습니다. 모두 점혈하고 포박해

됐으니 금방 끌고 올 겁니다."

"좋아. 네놈치곤 빠릿하게 잘 처리했구만. 수고했다, 종복 놈
아."

남궁사혁은 오귀의 어깨를 탁탁 두드렸다. 멍하니 그 모습을
지켜보던 양지하가 물었다.

"이 사람은……?"

"아아, 제 입으로 종복이 되겠다고 해서 거둔 놈입니다. 이
놈 이거, 이래 봬도 개방 소방주입니다. 그동안은 말이 종복이
지 그다지 쓸모가 없었는데 이번에는 꽤나 도움이 되는군요."

억울하기 짝이 없는 소개였지만 괜히 불평했다간 감당 못
할 뒷일이 생길 것이 뻔한 일이라 오귀는 터져 나오는 불만을
꾹 눌러 참으며 소리쳤다.

"남궁 대협의 종복 오귀라 합니다. 이렇게 인사드리는 것은
처음인 듯합니다. 앞으로 잘 부탁드리겠습니다, 아가씨."

"그, 그래요. 그나저나… 이제 다 끝난 건가요?"

떨떠름한 얼굴로 오귀의 인사를 받은 양지하는 천천히 주위
를 둘러보며 질문을 던졌다. 연회장에는 피투성이로 쓰러진 자
들이 얼핏 보기에도 사십이 넘어 보였다. 사진량을 상대한 네
가주도 의식은 있었지만 몸을 움직이지 못하고 있었다. 코끝을
자극하는 진한 피비린내가 주위 가득했다.

"아직……!"

흘끔 양지하를 돌아본 사진량은 말꼬리를 흐리며 연회장을 향해 몸을 던졌다.

타탓!

"크으……."

신음을 흘리며 억지로 몸을 일으키려는 네 가주의 모습이 사진량의 눈에 들어왔다. 곧장 몸을 날린 사진량은 순식간에 가주들의 혈도를 제압한 후, 한 손에 둘씩 잡아 네 사람을 상석으로 데려왔다.

쿠당탕! 쿵탕!

아직 제대로 몸을 움직일 수 없는 데다 사진량이 아무렇게나 내팽개치는 바람에 네 가주는 상석 바닥에 몸을 부딪친 후 나뒹굴어야 했다. 내상을 심하게 입은 데다, 조금 전 사진량이 혈도를 제압해 내공의 운용도 할 수 없어 바닥에 부딪친 충격이 고스란히 전해졌다.

"큭!"

"커헉!"

"쿠, 쿨럭! 쿨럭!"

"끄억!"

네 가주는 신음을 터뜨리며 왈칵 피를 토해냈다. 천뢰일가의 기둥이라 불리던 오대봉신가의 가주답지 않은 초라하기 짝이 없는 모습이었다. 사진량은 고통에 꿈틀거리는 가주들을 가만히 쳐다보았다.

"패역한 반란자들! 감히 천뢰일가를 어지럽히다니! 내 너희들을 용서치 않으……!"

"좀 적당히 닥치시지?"

갑자기 불쑥 튀어나와 소리치는 적무광의 모습에 사진량은 어이가 없어 전에 없이 거친 말이 불쑥 튀어나왔다. 사진량의 말에 적무광은 움찔하며 뒤로 물러났다. 가만히 자신을 쳐다보는 사진량의 눈빛이 섬뜩하기 짝이 없었다. 적무광은 사자 앞의 토끼가 된 것 같은 기분에 어깨를 부르르 떨었다.

다른 가주들과 달리 직접 반란에 나서지 않은 것은 옳은 결정이었다. 아니었다면 자신도 다른 가주들과 마찬가지로 심한 내상을 입고 피를 토하며 바닥을 뒹굴고 있었을 것이다. 하지만 어쩐지 잘못 선택했을지도 모른다는 생각이 들었다.

사진량의 저 눈빛을 보면.

적무광은 저도 모르게 고개를 돌렸다. 양지하도, 남궁사혁도, 그 앞에 무릎을 꿇고 있는 오귀도 모두 사진량과 비슷한 눈빛으로 자신을 쳐다보고 있었다. 적무광은 저도 모르게 질끈 이를 악물었다.

'제, 젠장! 좀 더 일찍 끼어들었어야 했나?'

왠지 모르게 구석에 처박혀 있는 가주들이 부럽게 느껴지는 적무광이었다.

가만히 적무광을 노려보던 사진량은 천천히 한쪽 구석에 처박혀 있는 네 가주는 향해 시선을 돌렸다. 아무렇게나 뒤엉켜 있는 네 가주는 여전히 신음만 흘리고 있을 뿐이었다. 사진량은 천천히 가주들에게 다가갔다.

저벅! 저벅!

조용한 사진량의 걸음 소리가 천둥처럼 울려 퍼졌다. 네 가주의 바로 앞에서 걸음을 멈춘 사진량은 가만히 가주들을 내려다보았다.

"끄으으……."

사진량은 손가락을 튕겨내 네 가주의 혈도를 자극했다.

툭! 투두둑!

낡은 가죽 북을 두드리는 것 같은 소리가 가주들의 몸속에서 터져 나왔다. 이내 왈칵 검게 죽은피를 한 사발 토해낸 가주들은 끄응, 하는 낮은 신음과 함께 조금씩 꿈틀거리며 몸을 가누기 시작했다. 사진량이 점혈로 내상을 더욱 심하게 만들고 있는 내공을 잠재워 버린 것이다.

"크으으!"

짧은 신음과 함께 곡상천이 몸을 뒤집고 간신히 상체를 일으켰다. 뒤이어 등일천, 황영휘가 상체를 일으켰다. 마지막으로 녹음풍이 앓는 소리를 내며 천천히 상체를 일으켰다. 미처 날

뛰는 내공이 진정되기는 했지만 아직 몸이 제대로 움직여지지
는 않았다. 온 힘을 다해야 간신히 상체를 일으킬 수 있을 정
도였다.

"너희들이 벌인 일은 모두 실패로 끝났다."

사진량의 싸늘한 음성이 네 가주의 귓속으로 날카롭게 파고
들었다. 네 가주의 시선이 저도 모르게 사진량에게로 향했다.
자신들을 내려다보고 있는 사진량의 눈빛은 무심하기 짝이 없
었다.

"그, 그래서?"

"이제 우릴 죽일 테냐?"

"크큭! 선대 양 가주는 배신자를 살려두는 법이 없었지."

"끝이로군."

네 가주는 이미 모든 것을 포기한 듯, 용서를 빌 생각도 하
지 않고 그저 곧이어 찾아올 마지막을 순간을 기다렸다.

사진량은 곧바로 손을 쓰지 않고 흘끗 양지하를 쳐다보았
다. 양지하는 갑작스레 자신을 쳐다보는 사진량의 시선에 고개
를 갸웃했다. 사진량의 입이 천천히 벌어졌다.

"네가 결정해라."

"제가요?"

"지금껏 천뢰일가를 이끌어온 것은 내가 아니라 너다. 네 결
정에 따르겠다."

사진량의 말에 양지하는 천천히 네 가주에게 다가갔다. 남궁사혁이 혹시나 무슨 일이라도 생길까 싶어 뒤를 쫓았다. 네 가주의 발 앞에 멈춰 선 양지하는 조용히 말했다.

"당신들… 무슨 짓을 한 건지 알고는 있겠죠?"

"크크, 설마 모르고 한 짓이겠소, 가주 대행?"

양지하의 물음에 곡상천은 음소를 흘리며 비꼬듯 말했다. 차라리 적무광처럼 섣불리 나서지 말 것을. 하지만 자신이 다른 가주들에게 불을 지핀 것이라 나서지 않을 수 없었다. 분명 성공할 수 있는 일이었다.

예상치 못한 것은 냉혈가주 적무광이 자신보다 훨씬 신중한 성격이었다는 것과 사진량의 감당할 수 없을 정도로 고강한 무공이었다. 가장 큰 실패의 요인은 역시나 사진량이었다.

곡상천은 저도 모르게 질끈 입술을 깨물며 사진량을 쳐다보았다. 사진량은 여전히 무표정한 얼굴로 자신들을 내려다보고 있었다. 문득 이런 상황을 노리고 혹야의 사자가 자신에게 접근한 것일지도 모른다는 생각이 들었다.

이대로 자신들이 죽음에 이른다면 천뢰일가의 주축인 오대봉신가의 힘은 삼 할 이하로 떨어지게 된다. 천뢰일가라는 이름하에 모인 세력이긴 하지만 오대봉신가는 천뢰일가보다 봉신가주 개인이 지닌 무력이나 마찬가지였다. 가주를 잃은 봉신가는 그 응집력을 잃고 뿔뿔이 흩어질 것은 자명한 일이었다.

그렇다고 천뢰일가가 대회합의 자리에서 반란을 일으킨 봉신가주들을 아무 처벌 없이 용서하고 넘길 수는 없었다. 천뢰일가의 오랜 역사에서 반란을 일으킨 자를 용서한 적은 단 한 번도 없었다. 그것이 봉신가의 가주라고 해도 말이다. 물론 오대봉신가 중 무려 네 곳이 한꺼번에 반란을 일으킨 적은 없었지만.

봉신가주들을 그동안의 관례대로 처벌한다면 천뢰일가는 크나큰 손실을 피할 수 없다. 그렇다고 그냥 용서할 수는 없는 노릇.

양지하는 저도 모르게 나직이 한숨을 내쉬었다. 쉽게 결정할 문제가 아니었다.

"어떡하는 게 좋을까요?"

양지하는 가만히 사진량을 쳐다보며 물었다. 사진량은 흘끗 네 가주를 쳐다본 후 양지하와 눈을 마주했다.

"나보단 천뢰일가를 잘 아는 네가 결정해야 한다. 어떤 결정을 하든 따르겠다."

"하지만 당시… 아니, 오라버니가 이제부터 본가의 가주인걸요."

양지하는 습관적으로 부르려던 호칭을 주위의 시선 때문에 급히 정정했다. 사진량은 조용히 고개를 내저으며 말했다.

"지금 상황에서는 네가 결정하는 것이 옳다. 아직 천뢰일가의 가주 대행은 바로 너다."

사진량의 지적에 양지하는 한 차례 어깨를 움찔하더니 이내 고개를 끄덕였다. 그러곤 잠시 생각에 잠겼다. 그러다 한 가지 방법이 생각이 난 듯 사진량에게 물었다.

"혹시 내공을 일정 기간 동안 폐할 수 있는 점혈법이 있나요?"

일반적인 무공 상식으로는 불가능한 것이었다. 하지만 왠지 모르게 사진량이라면 가능할 것 같았다. 사진량은 가만히 고개를 끄덕였다.

"최대 육 개월까지는 내공을 금제할 수 있다."

사진량의 말에 양지하의 얼굴에서 고민이 사라졌다. 이내 결정을 내린 양지하는 네 가주를 가만히 쳐다보며 위엄 서린 음성을 내뱉었다.

"당신들의 처벌을 선언합니다. 본래 반란은 죽음으로서 그 죄를 묻는 것이 본 천뢰일가의 관행이었습니다. 하지만 본가를 지탱하는 다섯 개의 기둥 중, 넷을 한꺼번에 잃는다면 그 손실은 심히 막대하다 할 수 있을 겁니다. 그러니 이 자리에서 선언합니다. 주종의 예를 어기고 반란을 일으킨 봉신가의 네 가주들에게 육 개월 간의 내공 금제를 형벌로 처합니다. 연회가 끝나면 가주들은 제자리로 돌아가 하던 임무를 속행하시기 바랍니다. 그리고 오 개월 후, 다시 가주들을 본가로 소환하도록 하겠습니다. 그때까지의 성과를 본 후, 내공 금제를 더 이어갈지 결정도록 하겠습니다."

"……!"

전혀 예상 밖의 형벌이었지만 무인으로서는 치욕이나 마찬가지였다. 네 가주는 아무런 말도 하지 못했다. 그저 멍하니 양지하를 쳐다보았을 뿐이었다. 양지하는 네 가주들을 흘끔 쳐다보더니 이내 사진량에게로 고개를 돌렸다.

"그럼 부탁드리겠어요."

"그러지."

사진량은 고개를 끄덕이며 한 걸음 앞으로 나섰다. 양지하는 그대로 돌아서서 연회장에 모여 있는 사람들에게 소리쳤다.

"이제 반란은 완전히 진압되었습니다. 도움을 주신 개방의 여러분께는 진심으로 감사 인사드립니다. 본래라면 대회합이 끝나고 사흘 간 연회를 펼칠 예정이었지만, 본가의 사정으로 그러지는 못할 것 같습니다. 대신 오늘 하루는 준비한 것이 있으니 부디 마음껏 즐겨주시기 바랍니다."

양지하의 말이 끝나자 연회장을 가득 메운 사람들, 특히나 개방도들은 두 손을 번쩍 들며 환호했다.

"우오오!"

양지하는 주위에 있는 천뢰일가의 가솔들에게 손짓했다. 무인들이 달려들어 주위에 널브러진 시체와 부상자들을 부축해

이동했다. 연회장이 깨끗해지자 천뢰일가의 가솔들은 저마다 준비한 음식을 들고 들어오기 시작했다. 생전 처음 보는 고급스럽고 다양한 음식에 개방도들은 눈이 휘둥그레졌다. 이내 연회장은 개방도들의 웃음과 말소리로 떠들썩해지기 시작했다.

"왜 죽이지 않는 거냐?"

자신의 앞에 선 사진량을 날카로운 눈빛으로 쳐다보며 곡상천이 물었다. 사진량은 가벼운 손짓으로 곡상천의 혈도를 눌러 내공에 금제를 걸었다.

휘이잉!

미풍이 곡상천의 몸을 두드리고 지나가는 것 같은 느낌과 함께 미약하던 내공의 흐름이 역행하기 시작했다.

"큽!"

갑자기 내상이 도진 듯, 곡상천은 짧은 신음을 터뜨렸다. 이내 온몸의 뼈마디가 어긋나는 듯한 소리가 터져 나왔다.

우둑! 우두둑!

"끄으읍!"

지독한 통증에 꽉 깨문 잇새로 신음이 새어 나왔다. 곡상천의 얼굴이 통증으로 크게 일그러졌다.

내공이 역류하며 내상을 더욱 악화시키고 있었다. 혈맥을 역행하는 내공은 인체의 요혈을 지날 때마다 날카로운 바늘이 찌르는 것처럼 요혈을 자극했다. 그럴 때마다 곡상천의 입에서는 짧은 신음이 연신 터져 나왔다.

"컥! 끅! 윽! 아악!"

고통에 몸부림치는 곡상천의 모습에 남은 세 가주는 저마다 긴장을 감추지 못하고 식은땀을 흘리기 시작했다. 고통에 몸부림치는 곡상천의 모습이 잠시 후, 자신이 될 거란 것을 떠올린 탓이었다. 안 그래도 심각한 내상으로 몸 상태가 엉망이었다. 거기에 내공 금제로 인한 통증이 더해진다면 까무러칠지도 모르는 일이었다.

"그, 그르륵!"

급기야 곡상천은 입에 거품을 물고, 눈을 까뒤집은 채 혼절하기 직전까지 이르렀다. 어느새 혈맥을 역행한 내공이 단전을 향해 치달고 있었다.

두드드드득!

거의 의식이 사라져 가는 곡상천의 등허리가 활처럼 크게 휘었다. 동시에 혈맥을 역행한 내공이 곡상천의 단전에 부딪쳤다.

콰콰!

몸속에서 터져 나온 낮은 폭음과 함께 곡상천의 허리가 더욱 크게 휘었다. 거의 부러질 듯 허리가 휜 상태로 잠시 굳어 있던 곡상천은 이내 부르르 몸을 떨더니 그대로 풀썩 쓰러졌다. 이미 입가에 거품과 함께 눈이 완전히 까뒤집혀 혼절해 버린 후였다.

"다음."

사진량의 짧은 한 마디가 남은 세 가주에게는 마치 저승사자의 부름처럼 느껴졌다. 멍하니 쓰러진 곡상천을 쳐다보고 있던 세 가주들은 흠칫 어깨를 떨더니 저도 모르게 사진량을 향해 시선을 돌렸다. 순간 사진량의 손이 조금 전처럼 가볍게 한 차례 움직였다. 그것을 본 세 가주들의 얼굴에 순식간에 핏기가 싹 가셨다.

그리고.

우둑! 와드득!

"컥! 끄으읍!"

＊　　　＊　　　＊

사흘 후.

전 무림에 두 가지 사실이 공표되었다.

하나는 천뢰일가의 선대 가주, 양기뢰의 죽음이었다. 사실 죽은 것은 대역으로 내세웠던 가짜 양기뢰인 곽삼이었지만, 워낙에 많은 사람이 죽음의 현장을 목격한 탓에 어쩔 수 없는 일이었다.

대역을 썼다는 것이 밝혀진다면 사진량의 신분에 대한 신뢰도가 급격하게 떨어지게 된다. 갑작스러운 곽삼의 죽음으로 혼란스러운 상황이었지만 마지막 순간에 내뱉은 몇 마디 말로 어느 정도 사진량의 신분에 대한 증명이 가능했다.

때문에 죽은 곽삼은 대역이 아닌 양기뢰로서 장례를 치르기로 했다. 사흘 동안 제대로 잠도 자지 못하고 고민한 양지하가 내린 결정이었다.

또 다른 하나는 죽은 양기뢰를 대신해 사진량이 천뢰일가의 가주가 되었다는 소식이었다. 세간에 고독검협으로 알려진 사진량의 진정한 정체가 천뢰일가의 선대 가주 양기뢰의 아들이었다는 사실은 전 무림을 크게 뒤흔들기에 충분한 일이었다.

사진량이 정식으로 가주 자리에 오르는 것은 양기뢰, 아니, 곽삼의 장례식이 끝난 이후, 달포가 지난 후 치러지기로 결정되었다. 가주 취임식에는 구파일방의 장로급 이상의 무림명숙을 초대할 것이라 알려졌다.

이미 사람들에게 잊혀가는 고독검협의 재등장은 무림을 크게 진동시키기에 충분한 일이었다.

"이제 어떻게 할 거냐? 위대한 천뢰일가의 가주님?"

남궁사혁의 씨익 미소를 지으며 사진량에게 물었다. 사진량은 뇌신각의 최상층에서 장례식을 위해 분주히 움직이는 천뢰일가의 가솔들을 내려다보며 나직이 중얼거렸다.

"글쎄. 이렇게 되어버린 이상 최대한 이용해야겠지."

"크큭! 고독검협이니 뭐니 하면서 혼자 싸돌아다니던 시절은 이제 안녕이로구만. 하긴, 이미 장노와 함께하면서부터 그 별호는 의미가 없어진 건가?"

사진량은 천천히 돌아서며 남궁사혁을 바라보았다.

"모두 마도멸절을 위함이다."

"에이, 고지식한 놈 같으니. 앗차! 가주님께 이젠 함부로 막말도 못 하겠네. 쯧! 친구라곤 딱 하나밖에 없는데 이 신분 격차는 뭐지? 억울해서라도 남궁가주라도 되어야 하나? 아냐! 역시 양 소저와 혼인하는 게……."

남궁사혁은 능글맞은 미소를 지으며 구시렁거렸다. 사진량은 자세히 보지 않으면 알 수 없을 정도로 미미하게 입꼬리를 말아 올리며 대꾸했다.

"달라진 것은 아무것도 없다."

"알아, 자식아. 에이, 농담을 해도 못 알아먹는 재미없는 놈 같으니."

남궁사혁은 씨익 미소를 지으며 사진량을 바라보았다. 사진량도 말없이 남궁사혁을 쳐다보았다. 서로에게 유일한 친우의 존재에 두 사람은 피식 미소를 지었다.

"가주님, 준비가 다 끝났습니다. 이제 나가실 시간입니다."

밖에서 시비가 부르는 소리가 들려왔다. 사진량은 이내 입가에서 미소를 거두었다.

"바로 나가겠다."

대답과 함께 사진량은 상복을 걸치고 천천히 밖으로 걸음을 옮기기 시작했다. 남궁사혁도 전에 없이 진중한 얼굴을 한 채 사진량의 뒤를 따르기 시작했다. 뇌신각 밖에는 양기뢰, 아니, 곽삼의 시신을 모신 성대한 장례 행렬이 사진량을 기다리고 있었다.

第六章

뒷정리

"아무 대답도 하지 않을 건가?"

사진량의 조용한 질문이 귓가로 파고들었다. 은규태는 천천히 고개를 들었다.

스르렁!

은규태의 움직임에 쇠사슬이 벽에 끌리는 소리가 터져 나왔다. 지금 은규태가 있는 곳은 뇌신각 지하에 위치한 뇌옥 중 하나였다. 천뢰일가의 중죄인을 구속하는 데 쓰이는 뇌옥이 개방된 것은 거의 오십여 년 만의 일이었다.

은규태는 사지를 쇠사슬에 묶인 채 벽에 매달려 있었다. 은규태가 몸을 꿈틀거릴 때마다 쇠사슬이 벽에 긁혀 낮은 금속성이 터져 나왔다.

그르릉! 스릉!

고개를 든 은규태가 자신의 앞에 선 사진량을 가만히 쳐다보았다. 입가에는 씁쓸한 미소를 띤 채 은규태는 아무런 말도 하지 않았다. 사진량의 질문이 다시 날아들었다.

"다시 한 번 묻지. 흑야와 무슨 관련이 있는 거냐?"

은규태는 대답 대신 고개를 숙였다.

그르릉!

벽이 긁히는 소리와 함께 이내 은규태의 입에서 신음하듯 나직한 음소가 흘러나왔다.

"크, 크크크. 크크크크큭! 크하하하핫!"

작게 시작한 은규태의 음소는 점점 소리가 커졌다. 어느새 어깨가 들썩거리고 주위가 흔들릴 정도로 커졌다. 몸을 휘감고 있는 쇠사슬이 마구 벽을 긁어대기 시작했다.

그그극! 그르릉!

쇠사슬에 긁힌 벽에서 돌가루가 후두둑 떨어졌다. 은규태의 광소는 한참이 지나도 멈추지 않았다. 가만히 그 모습을 지켜보던 사진량의 한쪽 눈썹이 살짝 꿈틀했다. 광소가 차츰 잦아들자 사진량이 입을 열었다.

"뭐가 그리 우습지……?"

"크, 크크. 우습지 않으면? 오열해야 하는 상황인 건가?"

은규태는 입꼬리를 말아 올린 채 고개를 들어 사진량을 쳐다보았다. 사진량은 무표정한 얼굴로 가만히 은규태와 눈을 마주했다. 깊이를 가늠할 수 없는 검게 죽은 눈동자 안에 사진량, 자신의 모습이 비쳐 있었다.

"웃음이든, 오열이든 관심 없다. 내가 알고 싶은 것은 오직 하나, 흑야에 대한 정보다. 털어놓을 생각은 조금도 없는 건가?"

"크킄! 헛수고는 그만하고 이제 그만 죽여주지 않겠나?"

은규태는 낮은 음소를 흘리며 조용히 물었다. 사진량은 대답 대신 천천히 손을 뻗어 은규태의 등 뒤, 명문혈에 손바닥을 가져다 댔다. 사진량은 그대로 은규태의 몸속에 내공을 주입시켰다.

우드득! 콰드득!

동시에 섬뜩한 파열음이 은규태의 몸속에서 터져 나오기 시작했다.

"크, 크아아악!"

은규태는 저도 모르게 고통에 가득 찬 비명을 토해냈다. 사진량이 주입한 내공이 은규태의 온몸을 마구 두드려 댔다. 강철 방망이로 온몸을 얻어맞는 것 같은 지독한 통증이 밀려왔다.

콰드득! 콰작!

근육이 파열되고 뼈가 마디마디 부러져 나갔다. 피가 터져 나오지는 않았지만 지독한 통증에 정신이 아득해졌다. 은규태는 버틸 수 없는 고통에 거품을 물고 눈을 까뒤집었다. 순간 사진량이 손을 뻗었다.

"정신을 잃으면 안 되지."

"끄, 끄아악!"

사진량이 은규태의 머리에 있는 혈도를 자극하자 흐릿해져 가던 의식이 뚜렷해졌다. 그와 함께 감당할 수 없는 무지막지한 통증이 연이어 느껴졌다.

와드득! 우직!

몸속의 모든 뼈가 부러져 나가는 것 같았다. 몸을 이루고 있는 근육이 모조리 터져 나가는 것만 같았다. 사진량이 머리의 혈도를 자극한 탓에 의식이 또렷하기만 했다. 차라리 정신을 잃을 수 있다면 나으련만, 고통이 강해질수록 오히려 의식은 더욱 뚜렷해져 갔다.

와드득! 콰드득!

"크아아! 아아악!"

파열음이 터져 나올 때마다 은규태는 고통에 찬 비명을 토해내야 했다. 사진량은 그 모습을 눈 하나 깜짝하지 않고 팔짱을 낀 채 가만히 지켜보았다. 한참의 시간이 지나 온몸의 뼈가 바스러진 것처럼 은규태의 몸이 축 늘어진 후에야 몸속에서 터져 나오던 파열음이 잦아들었다.

"끄, 끄으으……."

온몸의 근육이 찢어져 나가고 뼈가 마디마디 박살 났지만 여전히 의식만큼은 뚜렷했다. 워낙에 쉬지 않고 비명을 질러댄 탓에 흘러나오는 소리라고는 쇠를 긁는 것 같은 거친 소리뿐이었다. 가만히 지켜보던 사진량이 가까이 다가갔다.

"이제 좀 말할 기분이 드나?"

"끄으으……."

대답 대신 낮은 신음이 흘러나왔다. 사진량은 손을 뻗어 은규태의 머리에 얹었다. 백회혈을 타고 사진량의 내공이 흘러들었다. 조금씩 통증이 가라앉는 것 같았다. 은규태의 의식을 가득 채우고 있던 통증이 잦아들자, 사진량의 음성이 들려왔다.

"하고 싶은 말이 있나?"

"끄으… 나, 나는……."

은규태는 저도 모르게 천천히 입을 열기 시작했다. 사진량은 가만히 은규태를 쳐다보며 귀를 기울였다. 하지만 은규태에게서 원하는 대답은 여전히 나오지 않았다.

"그냥… 죽겠다. 이대로 주, 죽여 다오……."

통증은 가라앉았지만 은규태는 더 이상 버틸 수 없었다. 그저 죽음을 바랄 뿐이었다. 사진량은 가만히 그 모습을 지켜보더니 천천히 돌아섰다.

"생각이 바뀌면 다시 오겠다."

사진량은 그대로 뇌옥 밖으로 걸음을 옮기기 시작했다. 그 때였다. 완전히 축 늘어져 있던 은규태의 몸이 부들부들 떨리기 시작했다. 억지로 입을 벌린 은규태는 온 힘을 다해 자신의 혀를 깨물려 했다.

팍! 파팍!

순간 낮은 파공성과 함께 날아든 무형의 기운이 은규태의 몸을 두드렸다. 은규태는 혀를 깨물려 입을 벌린 그 상태로 온 몸이 덜컥 굳어버렸다. 뇌옥을 벗어난 사진량의 음성이 조용히 은규태의 귓가로 날아들었다.

"죽음은 네가 선택할 수 없는 답이다."

*　　　　　*　　　　　*

곡상천과 일행이 칠혈가에 도착한 것은 대회합이 끝나고 십구 일째 되는 날이었다. 미리 연락을 해둔 덕에 칠혈가의 인물들은 모두 가주인 곡상천을 맞이하기 위해 분주히 움직이고 있었다. 저 멀리서 수십 마리의 인마가 달려오는 진동과 먼지구름이 전해졌다.

"가주께서 오신다! 모두 준비하라!"

누군가의 커다란 외침에 철혈가의 가인들은 일제히 한자리에 모여들었다. 시간이 지나 곡상천 일행이 가까워졌다. 말을 탄 곡상천 일행의 모습은 마치 전쟁에 패배한 패잔병 같은 초라한 꼬락서니를 하고 있었다. 특히나 곡상천은 거의 넋을 잃은 것 같은 표정을 하고 있었다.

"가주님!"

철혈가의 총관이 버럭 소리치며 곡상천에게 달려왔다. 곡상천은 힘없이 흘끔 총관을 쳐다보았다. 병든 닭처럼 어깨를 축 늘어뜨리고 있는 곡상천의 모습에 총관은 다급히 소리쳤다.

"뭣들 하는 게냐! 어서 가주를 모시지 않고!"

총관의 날카로운 일갈에 후다닥 다가온 시비와 몸종들이 지쳐 보이는 곡상천을 가마에 태워 철혈가 내부로 급히 실어 날랐다. 나머지 일행도 다들 다가가 급히 안으로 이끌었다. 활짝 열린 철혈가의 문은 고작 반각도 되지 않아 굳게 닫혀 버렸다.

곡상천은 불빛 하나 없는 어둠 속에 홀로 앉아 깊은 한숨을 내쉬었다. 이미 한나절 전에 철혈가로 돌아왔지만, 그 사이 곡상천은 음식도, 물도 전혀 입에 대지 않았다. 그저 연신 한숨을 내쉬며 좁은 방 안에 혼자 있을 뿐이었다.

내공을 운용할 수 없는 곡상천은 마치 허수아비와도 같은 신세였다. 철혈가의 가인들은 자신이 어떤 모습이든 따를 것이지만, 지금 같은 상황에서 외부 활동은 무리였다. 철혈가로 돌아오는 동안 내공을 회복하기 위해 할 수 있는 모든 방법을 다 시도해 보았다.

하지만 내공은 조금의 미동도 하지 않았다. 조그마한 틈새 하나 없는 두꺼운 감옥에 내공이 단단히 갇혀 있는 것 같았다. 너무도 단단한 금제에 곡상천은 그저 한숨을 내쉴 수밖에 없었다.

"후우우… 빌어먹을……!"

"어찌 그리 깊은 한숨을 내쉬는 겁니까, 철혈가주."

그때!

갑자기 어둠 속에서 쇠를 긁는 듯, 거칠고 기분 나쁜 목소리가 흘러나왔다. 순간적으로 움찔한 곡상천의 얼굴이 전에 없이 왈칵 일그러졌다.

"네, 네놈……! 감히 여기가 어디라고!"

금방이라도 달려들어 단매에 쳐 죽이고 싶었지만 내공을 전혀 쓸 수 없는 곡상천은 그저 버럭 분노를 토해낼 뿐이었다. 어둠 속에서 나타난 인영은 무릎을 꿇고 오체투지한 채 천천히 말을 이었다.

"오랜만에 뵙습니다. 그나저나 그 사이에 무슨 큰일이 있었나 보군요. 가주께서 이리 흥분을 하시다니……."

"네놈……! 다 알고 있으면서 모른 척하는 게냐! 네놈이 날

자극하지만 않았어도 이런 일은……!"

곡상천은 뿌득 소리가 나도록 이를 악물었다. 눈빛으로 사람을 죽일 수 있다면 지금의 곡상천이 그러할 것이다. 짙은 살기를 눈빛으로 내뿜으며 곡상천은 어둠 속 인영을 노려보았다. 하지만 내공 하나 없는 곡상천의 날카로운 눈빛은 어둠 속 인영에게 조금의 위협도 되지 않았다.

"크크, 무슨 일인지 모르겠지만 흥분을 가라앉히시지요."

"시끄럽다! 당장 꺼지지 못할까!"

곡상천은 버럭 소리치며 돌아섰다. 하지만 어둠 속 인영은 그 자리에서 조금도 움직이지 않고 가만히 있었다. 돌아선 곡상천이 흥분을 가라앉힐 즈음, 어둠 속 인영이 천천히 입을 열었다.

"철혈가주, 무엇 때문에 그리 화내시는지 잘 알고 있습니다. 하지만 이번 일은 저희로서도 어쩔 수 없는 일이었습니다. 일전에도 말씀드렸다시피, 가주께서 의사 표현을 조금만 더 일찍 해주셨더라면……."

"당장 꺼지라고 말하지 않았던가!"

곡상천은 날카롭게 일갈하며 고개를 돌렸다. 어둠 속 인영은 천천히 고개를 들며 말을 이었다.

"사죄의 뜻으로 선물을 하나 가져 왔습니다. 부디 이것을 받으시고 화를 가라앉히시기 바랍니다, 철혈가주."

말을 마친 어둠 속 인영은 곡상천의 발아래에 투박한 목갑을 놓아두었다. 돌아서려던 곡상천은 자신의 발에 걸린 목갑을 내려다보았다. 낡은 나무로 대충 만든 것 같은 목갑이었다. 살짝 열린 틈새로 기묘한 향이 흘러나와 코끝을 자극했다. 곡상천은 저도 모르게 손을 뻗어 목갑을 집어 들었다.

뚜껑을 열자 코끝을 자극하던 기묘한 향기가 순식간에 방 안 전체로 퍼져 나갔다. 목갑 안에는 거무튀튀한 색깔의 환약이 하나 들어 있었다. 곡상천은 가만히 환약을 쳐다보았다. 결코 좋다고는 할 수 없는 향이었지만 이상하게 한순간 굳게 닫혀 있던 내공이 꿈틀거리는 것 같았다.

"이게 뭐지?"

곡상천은 환약에 시선을 고정한 채 물었다. 어둠 속 인영이 조용히 대답했다.

"아무래도 곤란한 상황이신지라, 신경 써서 준비한 선물입니다."

"그러니까 이게 뭐냐고 물었다."

"본야에서 사용하는 내공을 증진시키는 환약입니다. 저희들은 암명환(暗冥丸)이라고 하지요."

"암명환?"

"이름이 그렇다고 해서 마성을 자극한다거나 하는 것은 아닙니다. 순수하게 내공을 증진시키는 것이지요. 화산의 자소영단의 제조법을 은밀히 입수해 만들어낸 것입니다. 암명환을 복용하신다면 가주의 내공 금제도 풀어내실 수 있을 것입니다."

"자소영단… 과 동일한 것이다… 이건가?"

"그러합니다."

들려온 대답에 곡상천은 목갑 안의 환약을 집어 들었다. 손가락 두 마디 정도의 지름을 가진 커다란 환약이었다. 구파일방 중 하나인 화산파의 비약인 자소영단과 거의 동일한 것이라면 최소한 반 갑자 이상의 내공을 증진시켜 줄 것이다.

그리고 약 기운이 돌아 내공을 자극한다면 금제를 깨고 오히려 더욱 강한 내공을 얻을 수 있을 것이다.

하지만.

"이런 귀한 것을 그냥 줄 리가 없지. 원하는 게 뭐냐?"

"좀 전에 말씀드린 대로 사죄의 표시입니다. 그리고 앞으로 좀 더 공고히 협력 체계를 다지고자 함이기도 하지요."

"부작용은 없는 것이겠지?"

"물론입니다. 그것은 제 목숨을 걸고 보증하겠습니다."

"네놈의 목숨 따위, 무슨 가치가 있다는 거냐?"

곡상천의 날카로운 일갈에 어둠 속 인영은 멈칫하더니 이내 말을 이었다.

"본 야의 명예를 걸지요."

"좋다. 이번만큼은 믿어보겠다."

곡상천은 고개를 끄덕이며 손에 든 환약을 천천히 입에 가져갔다. 기묘한 향이 더욱 코끝을 찔러왔다. 저도 모르게 살짝 인상을 찌푸리며 곡상천은 환약을 입안으로 털어 넣었다. 워낙에 큰 환약이라 입안이 가득 찼다.

"절대 입을 벌리지 말고 그대로 씹어 드셔야 합니다. 안 그러면 약효가 절반 이하로 떨어지니까요."

어둠 속 인영의 말에 곡상천은 입을 꽉 다문 채 천천히 환약을 씹었다. 그나마 환약 자체가 딱딱하지 않아 부드럽게 씹어 넘길 수 있었다. 침과 섞인 환약은 그대로 식도를 타고 몸속으로 흘러들었다. 순간 뱃속이 녹아내릴 정도로 엄청난 화기가 느껴졌다. 곡상천은 저도 모르게 신음을 토해내려 했다.

"소리를 내지 마십시오, 가주. 약 기운이 흐르는 대로 의식을 맡기셔야 합니다. 제가 호법을 서겠습니다. 부디 운기조식을 취하시길."

급하게 날아드는 어둠 속 인영의 말에 곡상천은 인상을 찌푸린 채 신음을 꾹 눌러 참았다. 그 자리에 풀썩 주저앉아 가부좌를 튼 곡상천은 질끈 눈을 감고 몸속을 휘젓는 약 기운의 흐름에 의식을 집중했다.

드드드득!

식도를 타고 흐르기 시작한 약 기운은 노도처럼 강렬한 불길의 기운이 되어 혈맥 구석구석을 내달리기 시작했다. 마치 사진량에게 내공 금제를 당하던 때처럼 지독한 통증이 밀려왔다. 근육이 부풀어 오르고 뼈마디가 시큰거렸다. 하지만 곡상천은 질끈 이를 깨문 채 신음 한 번 내지 않았다.

'서, 설마 놈이 속인 것은 아니겠지.'

순식간에 이마가 식은땀으로 흠뻑 젖었다. 내공 금제를 당하던 때와 비슷한 현상이 곡상천은 눈을 부릅뜨고는 자신의 앞에 선 어둠 속 인영을 노려보았다.

"진정하십시오, 가주! 원래 몸에 좋은 약이 입에 쓴 법입니다. 최소 반 갑자의 내공을 순식간에 얻는 것이니 고통은 당연한 것이지 않겠습니까. 부디 정신을 집중하시기 바랍니다. 최대의 효능을 발휘하려면 그리해야 할 것입니다."

자신을 향한 곡상천의 눈빛에 담긴 감정을 읽어낸 어둠 속 인영이 빠른 속도로 속삭였다. 하지만 곡상천은 어둠 속 인영을 향한 날카로운 눈빛을 거두지 않았다.

그때!

드드득!

혈맥을 질주하던 노도와도 같은 약 기운이 단단하게 굳어 버린 단전을 두드리기 시작했다. 지금껏 온갖 노력을 다 해보아도 조금의 미동도 않던 내공이 환약의 기운이 부딪치자 꿈틀거리기 시작했다.

그와 함께 지독한 통증이 밀려왔다. 하지만 통증은 아무런 문제도 되지 않았다. 잠잠하기만 하던 기해의 내공이 반응했다는 것만으로도 곡상천은 모든 고통을 잊을 수 있었다. 곡상천은 어둠 속 인영에게 향한 눈빛을 거두며 질끈 눈을 감았다.

두두둑! 두두두둑!

밀려드는 환약의 기운이 단단하게 굳은 단전을 미친 듯이 두드려 댔다. 벽 내부의 내공도 그에 반응해 점점 활성화되기 시작했다. 낡은 가죽 북을 두드리는 것 같은 소리가 연신 몸속에서 터져 나왔다.

'조금만… 조금만 더……!'

약 기운의 자극으로 내공이 거칠게 반응하자, 곡상천은 온 신경을 집중해 내공을 일으키려 애썼다. 조금씩 아주 조금씩 내공을 금제하고 있던 단단한 벽에 금이 가기 시작했다.

곡상천은 속으로 쾌재를 부르며 더욱 자신의 내면으로 침잠해 들어갔다. 온몸을 단단한 쇠몽둥이로 두드려 대는 것 같은 지독한 통증이 함께였지만, 곡상천은 뿌득, 부러져라 이를 악물고 버텨냈다.

어느새 온몸이 식은땀으로 흠뻑 젖어들었다. 땀을 머금은 옷이 온몸에 달라붙었다. 얼마나 시간이 지났는지 알 수 없을 정도로 오랜 시간 동안 곡상천은 이를 악물고 가부좌를 틀고 앉아 있었다.

두두두두두두두둑!

한참의 시간이 지나도 약 기운은 잦아들지 않고, 오히려 더욱 강렬해졌다. 한 번에 수십 번의 주먹에 얻어맞는 것처럼 연이어 터져 나오는 소리에 단단하기만 하던 내공의 금제가 허물어지기 시작했다. 단단히 갇혀 있던 내공도 거칠게 움직이며 허물어져 가는 금제를 두드렸다.

쩌저저적—!

금이 가는 소리와 함께 이내 금제가 깨지고 환약의 기운과 곡상천의 내공이 합쳐져 지금까지와는 비교도 할 수 없는 거센 물살이 되어 온몸의 혈맥을 빠른 속도로 질주했다. 곡상천의 몸에서 허연 김이 피어오르며 식은땀에 젖은 옷이 순식간에 마르기 시작했다.

피쉬이이—!

곡상천의 몸에서 뿜어져 나온 허연 김이 주위를 가득 메워갔다. 한 치 앞도 보이지 않을 정도로 방 안이 허연 김으로 가득 찰 즈음, 곡상천이 번쩍 눈을 떴다. 그러곤 크게 숨을 들이켜 주위 가득한 허연 김을 단숨에 빨아들였다.

"크크, 크하하하핫!"

어느새 벌떡 일어난 곡상천은 이전보다 훨씬 생기 가득한 눈빛으로 광소를 터뜨렸다. 암명환의 기운으로 사진량의 금제를 완전히 박살 내버린 것은 물론, 이전보다 훨씬 내공이 강해진 것이 온몸으로 느껴졌다. 지금까지 곡상천의 의식을 지배하고 있던 무력감은 순식간에 완전히 사라져 버렸다. 가만히 호법을 서고 있던 어둠 속 인영은 고개를 돌려 곡상천을 쳐다보며 고개를 깊이 숙였다.

"금제를 풀어내셨군요. 그리고 더 높은 성취를 얻으시다니. 그저 감축드릴 따름입니다, 철혈가주."

"크하하핫! 모두 네놈, 아니, 그대 덕분이다."

"저야 그저 선물을 가져다 드린 전령에 불과할 뿐입니다. 암명환의 기운을 극대화시킨 것은 가주의 능력이시지요."

어둠 속 인영은 겸양을 떨며 자신을 낮추고, 곡상천을 추켜세웠다. 곡상천은 흘끔 어둠 속 인영을 내려다보며 나직이 중얼거렸다.

"크크, 이걸로 우리의 관계는 더욱 공고해지는 건가?"

"바라마지 않는 것입니다, 철혈가주."

"좋다. 이런 도움을 받은 이상, 내 모른 척할 수는 없는 노릇이지. 하지만 명심하라. 너희들과의 공조는 천뢰일가를 무너뜨리는 순간까지일 것이다."

곡상천은 날카로운 이를 드러내며 낮게 으름장을 놓았다. 어둠 속 인영은 고개를 더욱 깊이 숙이며 대꾸했다.

"가주께서 원하시는 대로 될 것입니다."

전에 없이 만족스러운 대답을 하는 어둠 속 인영을 가만히 내려다보던 곡상천은 이내 섬뜩한 한기가 느껴지는 광소를 터뜨렸다.

"크크크, 크하하하핫!"

곡상천의 광소가 좁은 방 안을 가득 채울 무렵, 그의 앞에
무릎을 꿇고 있던 어둠 속 인영은 어느샌가 자취를 감췄다.

한참을 미친 듯 앙천광소를 터뜨리던 곡상천은 인기척이 사
라지자 언제 그랬냐는 듯 입을 다물었다. 조금 전까지 어둠 속
인영이 있던 자리를 가만히 지켜보며 곡상천은 속으로 나직이
중얼거렸다.

'천뢰일가를 손에 넣을 때까지 내 마음껏 네놈들을 이용해
주겠다, 크크크.'

＊　　　　＊　　　　＊

"은 총사, 아니, 그자는 아직 아무런 말도 하지 않았나요?"

양지하의 질문에 사진량은 대답 대신 가만히 고개를 끄덕였
다. 양지하는 길게 한숨을 내쉬며 중얼거렸다.

"후우, 하나도 해결된 게 없군요. 배후는 분명 그자들일 텐
데…… 그의 입을 열게 할 다른 방법이 없을까요?"

"글쎄. 웬만한 고문으로는 쉽게 입을 열지 않을 것이다. 그나
저나 은규태, 그자의 거처 수색은 끝난 거냐?"

사진량의 질문에 양지하는 고개를 끄덕이며 대답했다.

"네. 그의 손이 닿은 것은 하나도 빠짐없이 철저히 조사했어요. 일전에 그 대역에게 사용한 최면 향에 대한 성분 조사도 끝났어요. 역시 현장에서의 급사는 부작용 때문이었더군요. 십여 가지의 최면 향을 조합해 만든 것이었는데, 아무래도 중원의 조합 방식이 아니었어요."

"그렇다는 것은 역시……."

"네. 흑야에서 유래한 것으로 확인됐어요."

양지하의 대답에 사진량은 천천히 몸을 일으켰다. 아무래도 은규태를 다시 한 번 만나봐야 할 것 같았다.

"다녀오겠다."

사진량은 그대로 밖으로 걸음을 옮기기 시작했다.

"어디 가요?"

양지하의 물음에 사진량은 걸음을 멈추지 않고 짧은 대답을 남겼다.

"뇌옥."

         *   *   *

조용히 걸음을 옮기던 사진량의 눈에 맞은편에서 다가오는 남궁사혁의 모습이 보였다. 연무장에서 한바탕하기라도 한 것인지 남궁사혁의 옷은 먼지가 가득했다.

"어디 가냐?"

옷에 묻은 먼지를 털어내며 남궁사혁이 물었다. 사진량은
남궁사혁을 조용히 스쳐 지나며 대답했다.

"뇌옥에."

"에이, 그러지 말고 같이 양 소저나 보러 가지? 가봤자 아무
소득도 없을 거 아냐?"

"방금 만나고 나오는 길이다."

사진량의 말에 남궁사혁의 얼굴이 크게 일그러졌다. 남궁사
혁은 미간을 구긴 채, 조금 전까지 연무장 바닥을 뒹굴던 고태
와 관지화를 떠올리며 구시렁댔다.

"쳇! 조금만 일찍 빠져나올걸. 하여간에 그 두 놈은 일생에
도움이 안 된다니까, 에이 쌍!"

"같이 가지."

"내가 왜? 그 어두컴컴하고 퀴퀴한 곳에 내가 왜 가냐?"

"만약 네가 은 총사 그자에게서 중요한 정보를 얻어낸다면
지하가 기뻐할 거다."

"지, 진짜냐?"

사진량의 말에 남궁사혁은 화등잔만 해진 눈으로 물었다.
사진량은 대답 대신 고개를 끄덕였다. 사실 사진량은 남궁사혁
에게 크게 기대를 하지 않았다. 하지만 자신과는 다른 방법을
찾아낼지도 모른다는 생각이 들었다. 감당할 수 없는 고통을

주는 방법으로는 은규태의 입을 열게 할 수 없었으니.

"그럼 가야지. 뭐 하냐, 빨리 가지 않고."

남궁사혁은 언제 그랬냐는 듯 헤죽 미소를 지으며 휙 돌아서서 걸음을 옮기기 시작했다. 빨리 가자고 자신을 재촉하는 남궁사혁의 모습에 사진량은 저도 모르게 나직이 한숨을 내쉬었다.

그르렁! 그릉!

간헐적으로 몸을 움찔거릴 때마다 쇠사슬이 벽을 긁어대는 소리가 들려왔다. 은규태는 벌써 며칠째 잠도 자지 못하고 사라지지 않은 통증에 몸부림쳤다. 도대체 무슨 짓을 한 것인지 도무지 잠도 오지 않고, 정신을 놓을 수도 없었다.

그 어느 때보다 뚜렷한 의식.

도무지 사라지지 않는 지독한 통증.

그것이 은규태의 정신을 좀먹고 있었다.

의식은 뚜렷하지만 정신은 조금씩 망가져 가고 있었다. 끊이지 않는 통증을 계속해서 느끼고 있는 탓이었다. 감당할 수 없는 고통에 정신이 좀먹어 드는 것을 은규태는 막을 수 없었다. 그저 고통에 찬 신음을 흘릴 뿐이었다.

"끄, 끄으으……."

그때였다.

덜컹!

묵직한 격철음과 함께 굳게 닫힌 뇌옥의 문이 열렸다. 녹슨 경첩이 비명을 질러댔다.

끼이이익!

하지만 은규태의 귓가에는 아무런 소리도 들리지 않았다. 그저 자신의 정신을, 의지를 좀먹는 통증만이 가득할 뿐이었다.

저벅, 저벅!

누군가가 다가오는 발소리가 들렸다. 고통 속에서 귓가로 파고드는 발걸음 소리에 은규태는 힘겹게 고개를 들었다. 반쯤 감긴 은규태의 눈에 자신에게 다가오는 두 사람의 모습이 흐릿하게 보였다. 다가오는 모습으로 보아 하나는 그동안 자신에게 끊이지 않는 통증을 준 사진량 같았다. 다른 하나는 건들거리며 자신에게 다가오고 있었다. 남궁사혁이었다.

"이제 좀 말할 생각이 드나?"

사진량의 음성이 고통을 뚫고 귓가로 파고들었다. 은규태의 초점 잃은 멍한 눈이 사진량에게로 향했다. 은규태는 수백, 수천 개의 바늘로 찌르는 듯한 고통을 꾹 눌러 참으며 음산한 광소를 터뜨렸다.

"크, 크크크, 크크……."

"전혀 말할 생각이 없나 보군."

희한하게도 지독한 통증에 모든 정신이 쏠려 있는 데도 사진량의 음성은 선명하게 귓가로 날아들었다. 은규태는 고통 속에서도 웃음을 멈추지 않았다. 가만히 그 모습을 지켜보던 사진량은 조용히 물러나며 말했다.

"나로서는 이게 한계로군. 어디 네가 한번 해봐라."

"좋지."

사진량이 물러나자 남궁사혁이 씨익 미소를 지으며 천천히 은규태에게로 다가갔다. 가만히 은규태를 살펴보던 남궁사혁은 혀를 차며 사진량에게 고개를 돌렸다.

"쯧! 하여간에 적당히라는 말을 모른다니까. 아예 다져놨구만, 다져놨어. 이러면 말을 하고 싶어도 오기가 생겨서 한마디도 안 하겠다, 짜샤. 채찍질을 했으면 당근도 좀 뿌릴 줄을 알아야지. 여긴 내가 알아서 할 테니까, 좀 나가 있어라. 네놈이 있으면 될 일도 안 되겠다."

남궁사혁은 빨리 나가라는 듯 휘휘 손을 내저었다. 가만히 남궁사혁과 은규태를 번갈아 쳐다보던 사진량은 낮은 한숨을 내쉬며 천천히 돌아섰다.

"두 시진 후에 다시 오겠다."

"어이구, 이게 사람 꼴이야? 아니면 푸줏간 고깃덩이야? 도대체 얼마다 사람을 다져놨으면 이 모양이 됐을꼬."

남궁사혁은 대꾸도 하지 않고 은규태에게 바짝 다가가 혀를 차며 이죽거리기 시작했다. 사진량은 다시 한 번 한숨을 내쉬며 뇌옥을 벗어나기 시작했다.

장일소는 전에 없이 바쁜 나날을 보내고 있었다. 사진량이 가주의 위에 오르는 것을 준비하는 한편, 은규태의 빈자리까지 자신이 메워야 하기 때문이었다. 지금에야 마도의 주구임이 밝혀졌지만 그동안 은규태가 총관으로서 천뢰일가를 오랜 시간 지탱해 온 것은 사실이었다. 그만큼 그의 손에 닿은 일이 많았고, 장일소는 바빠질 수밖에 없었다.

"후우, 이거야 원. 오랜만에 일을 하려니 영 적응이 안 되는구먼."

한자리에 오랫동안 앉아 있었던 탓에 온몸의 근육이 굳어 뻐근했다. 장일소는 길게 기지개를 켠 후, 굳은 어깨를 주먹으로 탁탁 두드렸다. 장일소는 내공을 살짝 일으켜 빠르게 일주천시켰다. 굳은 근육이 풀어지고 피로가 조금 가시는 것 같았다. 본격적으로 운기조식을 취한다면 충분히 피로를 모두 풀 수 있을 것이다.

하지만 그럴 시간이 없었다. 은규태의 부재로 인해 쌓인 일이 너무 많아 잠도 제대로 자지 못하는 지경이었으니. 그저 짧은 시간 내공을 운용해 잠깐씩 피로를 풀어내는 것이 전부였다. 당분간은 천뢰일가의 체계를 다시 잡고, 은규태가 남긴 자취를 지워 나가야 했다.

"그럼 다시 시작해 볼까?"

어느 정도 피로가 가시고 단단히 굳은 근육이 풀어지자 장일소는 다시 기지개를 펴며 중얼거렸다. 이내 손을 뻗어 쌓여 있는 서류를 집어 들고 장일소는 일에 집중했다.

얼마나 시간이 지났을까. 다가오는 인기척에 장일소는 고개를 들었다. 이내 누군가 밖에서 문을 두드렸다. 장일소는 잔뜩 쌓여 있는 서류를 한편에 밀어내며 입을 열었다.

"누구십니까?"

"나다."

사진량의 짧은 대꾸가 들려왔다. 반사적으로 벌떡 일어난 장일소가 후다닥 다가가 문을 열었다. 무표정한 얼굴로 문 밖에 서 있는 사진량이 보였다.

"갑자기 어인 일이십니까, 가주."

"잠시 시간을 보낼 곳이 필요해서. 바쁜가 보군."

장일소의 어깨 너머로 가득한 서류 더미를 본 사진량은 천천히 돌아서려 했다. 장일소가 다급히 사진량을 붙잡았다.

"아, 아닙니다, 가주. 안 그래도 조금 쉬려던 참이었습니다. 안으로 드시지요."

장일소의 강권에 사진량은 돌아서려던 발걸음을 다시 되돌려 안으로 들어갔다. 장일소는 황급히 서류를 한쪽 구석으로 밀어놓고는 다기를 꺼내 차를 준비하기 시작했다. 덜그럭거리며 급히 꺼낸 다기를 탁자에 내려놓은 장일소는 작은 화로에 화섭자로 불을 붙여 물을 끓였다.

"그나저나… 그자는 입을 열었습니까?"

자리에 앉아 물이 끓기를 기다리며 장일소가 조심스레 물었다. 사진량은 가만히 고개를 내저으며 대답했다.

"아니, 무슨 생각인지 아무리 손을 써도 입을 열지 않는군."

"허어, 무공 하나 익히지 못한 자가 그리 지독한 독심을 지녔단 말입니까."

은규태의 얼굴을 떠올리며 장일소는 낮게 탄식했다. 전형적인 유약해 뵈는 문사였던 은규태가 내공을 사용한 분골착근에도 입을 열지 않다니. 그저 놀라울 따름이었다.

그 사이 화로에 올려둔 주전자의 물이 끓기 시작했다. 허연 김이 뿜어져 나오자 장일소는 소매를 걷어 주전자를 잡아 들었다.

이내 잘 마른 찻잎을 꺼내 들고 차를 우려내기 시작하자 피로한 머릿속을 밝혀주는 향긋한 다향이 방 안으로 퍼져 나오기 시작했다. 시간이 지나자 향이 점점 짙어지고, 차가 적당히 우러나자 장일소는 찻잔에 차를 따랐다.

쪼르륵!

김이 피어오르는 찻잔을 사진량에게 내밀며 장일소가 말했다.

"드시지요, 가주."

"잘 마시겠다."

사진량은 조용히 차를 음미하기 시작했다. 찻잔이 깨끗이
비워질 때까지 두 사람은 말없이 서로를 응시하며 차를 마셨
다. 먼저 빈 찻잔을 내려놓으며 입을 연 것은 장일소였다.

"그런데… 좀 어떠십니까?"

"뭐가 말인가?"

"천뢰일가의 가주가 되신 기분 말입니다. 이제 천뢰일가의
힘을 이용한다면 가주의 목적, 마도멸절에 한 걸음 앞으로 다
가가는 것입니다."

장일소의 말에 사진량은 천천히 찻잔을 내려놓으며 대답했
다.

"글쎄. 어쩌다 보니 상황이 그렇게 되었지만, 잘 모르겠군.
한 가지 확실한 것은 듣던 것보다 천뢰일가의 사정이 꽤나 엉
망이었다는 거지."

"그 일에 관해선 저도 딱히 할 말이 없습니다. 그저 송구할
뿐이지요."

장일소는 씁쓸한 미소를 지으며 자조적으로 중얼거렸다. 천
뢰일가와 오대봉신가 간의 미묘한 균형 관계에 대해서 자신이
잘 알고 있다고 생각했던 장일소였다. 그런데 가주의 이름으로
모인 대회합의 자리에서 오대봉신가 네 곳의 반란이 일어났다

는 것은 오랜 세월 동안 쌓인 앙금이 자신의 생각보다 깊었다
는 뜻이었다.

누구보다 강렬한 존재감으로 오대봉신가를 압도해 온 천뢰
일가의 가주.

그의 존재가 언제 터질지 모르는 화약고를 억제하고 있었던
것이다. 사진량이 가주가 된 지금도 그것은 마찬가지였다. 사
진량이 반란을 일으킨 네 가주의 내공에 금제를 가하지 않았
다면, 아니, 사진량의 존재가 없었다면 이미 천뢰일가의 주인은
바뀌어 버렸을지도 모르는 일이었다.

내부의 불안 요소.

그것이 완전히 해결되지 않으면 사진량의 목적인 마도멸절을
이루는 것은 요원한 일이었다. 장일소가 잠도 제대로 자지 않
고 일을 계속하는 것도 내부의 불안 요소를 해결하기 위함도
있었다. 물론 그것에 얼마나 시간이 오래 걸릴지는 아무도 알
수 없는 일이었다.

"봉신가 가주들의 동향은 어떤가?"

"냉혈가주를 빼고는 다들 거의 반봉문 상태입니다. 최소한
의 경계 활동 외에는 별다른 움직임은 보이지 않습니다. 다
만……."

"다만?"

"냉혈가주의 움직임이 조금 신경 쓰이더군요."

"무슨 일을 꾸미고 있는 건가?"

사진량의 반문에 장일소는 목소리를 낮춰 조용히 말을 이었다.

"다른 봉신가주가 내공 금제를 당한 것 때문인지, 자신의 영역을 넓히려 하고 있습니다. 적혈가의 영역 중 일 할이 벌써 냉혈가의 권역 아래로 들어갔더군요."

"역시 치졸한 자로군. 갑자기 불쑥 끼어들 때부터 그럴 줄 알았지만."

사진량은 비열한 눈빛을 번뜩이던 냉혈가주 적무광의 얼굴을 떠올리며 중얼거렸다. 생각 같아선 대회합의 자리에서 가장 먼저 처리해 버리고 싶었지만, 다른 가주들과 달리 반란에 참가하지 않아서 어쩔 수 없이 내버려 두었다. 하지만 앞으로의 일에 크게 걸림돌이 될 것 같은 자였다.

"어떻게 하는 게 좋을까요?"

장일소가 조용히 물었다. 잠시 고민하던 사진량은 대답 대신 질문을 던졌다.

"그동안은 봉신가의 충돌을 어떻게 처리해 왔나?"

"본가가 나서서 중재를 해왔던 것으로 알고 있습니다. 말이 중재이지 사실 힘을 써서 억지로 떼어놓은 것이지요."

"흐음, 오대봉신가가 왜 그렇게 변한 것인지 대충이나마 알 것 같군."

사진량은 나직이 한숨을 내쉬며 고개를 끄덕였다. 오랜 세월 동안 쌓인 깊은 골을 단숨에 없앨 수는 없는 노릇이니 지금 당장은 어떻게 손쓸 방법이 없었다. 일단은 냉혈가주 적무광에게 자중하라는 말을 전하는 수밖에 없었다.

"정식으로 가주직에 오르시기 전까지는 직접 나서시지 않으셔도 됩니다, 가주. 가주의 인장을 찍은 서신을 냉혈가로 보내는 것으로 소요를 막아 보겠습니다."

장일소의 말에 사진량은 가만히 고개를 끄덕였다. 아직 취임식도 하지 않은 사진량이 나서는 것은 모양새가 영 좋지 않은 일이었다. 우선은 임시 조치를 취한 후에, 취임식을 치르고 나면 사진량이 나서는 것이 옳았다. 외부에서 보기에도 그렇고 절차적으로 그것이 나중에 뒷말이 나오지 않게 하기 위한 것이었다.

"그 문제는 그렇게 처리하도록 하지."

사진량은 남은 차를 다 마시고는 천천히 몸을 일으켰다. 장일소가 뒤따라 몸을 일으켜 밖으로 나가는 사진량을 배웅했다. 문득 떠오른 생각에 장일소가 사진량에게 말했다.

"아 참! 혹시 시간이 있으시면 제자 놈 둘을 좀 봐주시지 않겠습니까? 요즘 들어 제가 너무 바빠져서 녀석들의 수련을 제대로 봐주지 못해서 말입니다."

"그러지."

짧은 대답과 함께 사진량은 천천히 밖으로 나갔다. 방 안에 홀로 남은 장일소는 탁자 위에 놓인 다기를 정리한 후, 한쪽 구석에 밀어둔 서류를 가져와 자리에 앉았다. 그러곤 이내 서류를 검토하고 처리하는 데 열중하기 시작했다.

사진량은 혼자서 조용히 복도를 지나고 있었다. 그의 발걸음은 뇌신각에 딸린 연무장으로 향하고 있었다. 연무장이 가까워지자 두 사람의 격렬한 움직임이 바람을 타고 전해졌다. 이내 고태와 관지화의 우렁찬 기합이 들려왔다.

"흐어엇!"

"허업!"

사진량 일행이 뇌신각으로 거처를 옮긴 이후, 고태와 관지화는 매일같이 연무장에서 실전 비무를 하고 있었다. 사부인 장일소가 워낙에 바쁜 탓에 그동안 배운 것을 토대로 하루 왼종일 비무만 하고 있었다.

캉! 카캉!

이번에는 맨손 박투가 아닌 서로의 병장기를 들고 비무를 벌이고 있었다. 날을 세우지 않은 관지화의 대부와 강철로 만든 고태의 곤이 부딪칠 때마다 날카로운 금속성과 함께 불꽃이 사방으로 튀었다. 얼핏 보기에는 철천지원수를 눈앞에 둔 것처럼 두 사람의 비무는 험악하기 짝이 없었다.

만약 관지화의 대부에 날을 세웠다면 고태의 온몸은 크고 작은 상처로 피투성이가 되어 있었을 것이다. 관지화도 마찬가지로 고태가 제대로 공격만 성공시킨다면 뇌수가 깨져 피투성이가 되어 쓰러져 있었을지도 모르는 일이었다. 그만큼 두 사람의 비무는 실전적이고, 격렬했다.

"둘 다 제법이로군."

연무장 한편에서 가만히 두 사람의 비무를 지켜보고 있던 사진량은 나직이 중얼거렸다. 관지화야 원래 수적 출신으로 외공을 익힌 탓에 당연히 무공의 흡수가 빨랐다. 하지만 고태는 무공은 조금도 모르던 어부였다. 그런 고태가 장일소에게 무공을 배우기 시작한 지 고작 몇 개월 만에 상승의 경지를 눈앞에 두고 있었다.

처음에는 다소 미련하고 단순해 보였던 고태였기에 그 놀라움은 컸다. 아니, 오히려 고태 특유의 순박함과 단순함이 무공을 익히는 데 탁월한 재능이 되었다고 할 수 있었다. 특히나 비슷한 무공 수준을 지닌 관지화와의 지속적인 비무는 어떠한 상황에서도 대응할 수 있는 실전 감각을 기르는 데 크게 도움이 되었다.

때문에 대회합에서 고태와 관지화 두 사람은 개방도들 사이에서 눈부신 활약을 할 수 있었다. 하지만 매일같이 같은 상대와 비무를 계속하다 보니 발전이 더뎌졌다. 서로의 실력을 누구보다 정확히 파악하고 있는 탓이었다.

간혹 남궁사혁이 두 사람을 동시에 상대하기도 했지만 그것은 거의 일방적인 구타에 가까웠던 터라 그리 큰 도움이 되지 않았다. 두 사람이 매일같이 실전 비무를 하는 것도, 자신의 한계를 느끼고 그 벽을 깨기 위해서였다.

"으랏차차!"

커다란 기합과 함께 고태가 기묘한 수법으로 강철 곤을 휘둘렀다. 일전에 봐둔 개방도들의 타구봉법을 자신의 강철 곤에 맞춰 변형한 수법이었다.

후우우웅!

묵직한 파공성이 터져 나오며 강철 곤이 관지화를 노리고 날아들었다. 관지화는 뱀처럼 꾸물거리는 궤적을 보이며 날아드는 강철 곤에 헛바람을 집어삼켰다.

"으헉!"

다급히 허리를 뒤틀어 몸을 피하려던 관지화는 걸음이 엇갈려 비틀거리다 그대로 고꾸라졌다. 때마침 강철 곤이 옆구리를 아슬아슬하게 스쳐 지나쳤다.

쿠당탕!

워낙에 다급한 순간이라 관지화는 바닥을 나뒹굴었다. 고태는 허공을 후려친 강철 곤을 회수하며 먼지투성이가 된 관지화에게 다가갔다.

"괜찮은겨, 관 동생?"

"으어어. 괜찮아요, 형님. 그냥 발이 엇갈린 것뿐입니다. 그나저나 방금 그 수법, 뭡니까?"

관지화는 끄응, 하는 신음을 흘리며 몸을 일으켰다. 관지화의 질문에 고태는 쑥스러운 듯 뒷머리를 긁적이며 대답했다.

"허허! 전에 개방도들이 하던 걸 좀 흉내 내봤구먼. 좀 쓸 만하지 않던감?"

"좀 쓸 만한 정도가 아니던데요? 조금만 다듬으면 상당히 좋은 수법이 될 거 같습니다."

관지화는 좀 전의 아슬아슬한 순간을 떠올리며 대꾸했다. 고태는 순박한 미소를 지으며 고개를 끄덕였다.

"그렇게 생각해 주니 고맙구먼."

"어째 날이 갈수록 형님 상대하기가 힘들어지는 것 같습니다. 이거, 나 모르게 몰래 어디서 수련하고 계신 거 아닙니까?"

"맨날 같이 있으면서 무슨 소릴 하는 겨? 그냥 어쩌다 보니 나온 거지."

관지화가 능글맞은 미소를 지으며 면박을 주자, 고태는 히죽 미소를 지으며 대꾸했다. 주거니 받거니 대화를 나누는 두 사람의 모습은 조금 전까지 살벌하게 공격을 주고받던 사람이라고는 믿기 어려울 정도로 친밀해 보였다.

"어엇! 언제부터 거기 계셨습니까?"

그 자리에 주저앉아 서로 담소를 나누던 중, 관지화가 먼저 사진량을 발견하고는 놀란 얼굴로 벌떡 일어났다. 동시에 고태가 고개를 돌리더니 사진량과 눈이 마주쳤다. 반사적으로 벌떡 일어난 고태는 돌아서서 사진량에게 깊이 고개를 숙였다.

"가, 가주를 뵙겠구먼유."

사진량은 한 걸음 앞으로 나서는 듯싶더니 어느새 두 사람이 사이에서 멈춰 섰다. 갑자기 불쑥 자신들의 코앞까지 다가온 사진량의 움직임을 눈으로 좇지 못한 두 사람은 어리둥절해하다가 화들짝 놀라며 저도 모르게 뒤로 물러났다.

"으힉!"

"어, 어느새!"

사진량은 뒷짐을 진 채 가만히 자신의 좌우에 선 두 사람을 번갈아 쳐다보았다. 놀란 얼굴을 한 두 사람은 이내 사진량에게 고개를 숙였다. 사진량은 천천히 입을 열었다.

"장노에게 부탁을 받았다. 두 사람을 좀 봐주라더군. 시간이 많지 않으니 전력을 다해 덤벼봐라. 상대해 주마."

사진량의 말에 고태와 관지화, 두 사람은 눈을 동그랗게 뜨고는 서로를 쳐다보았다. 누구 하나 먼저 사진량에게 덤벼들지 못했다. 아니, 덤빌 생각조차 하지 못했다. 사진량의 엄청난 무위를 누구보다 가까이에서 보아온 탓이었다. 사진량에 비하면 자신들의 무공은 티끌만도 못한 수준이었다.

"가, 가주께서 직접 저희를 봐주신다는 겁니까?"

관지화가 파르르 떨리는 목소리로 물었다. 사진량은 대답 대신 가만히 고개를 끄덕였다. 가만히 두 사람을 바라보는 사진량의 눈빛은 그저 깊은 대해와도 같아 보였다. 어쩐지 사진량의 모습이 키가 수십 장은 넘는 거인처럼 보였다.

꿀꺽!

누군가 침을 삼키는 소리가 들려왔다. 고태와 관지화, 두 사람은 긴장 가득한 얼굴로 서로를 쳐다보았다. 차마 먼저 덤벼들지 못하고 두 사람은 그저 침을 삼키고 있을 뿐이었다.

"덤비지 않을 건가?"

사진량의 나직하지만 묵직한 음성이 두 사람의 귓가로 날아들었다. 움찔한 두 사람은 서로 눈치를 살폈다. 그러다 고태가 먼저 결심을 한 듯 입을 굳게 다물더니 고개를 끄덕였다. 관지화도 고개를 끄덕이며 손을 뻗어 날을 세우지 않은 대부를 집어 들었다.

두 사람은 서로 눈빛으로 신호를 보내며 흘끔 사진량을 쳐다보았다. 사진량은 뒷짐을 진 채 그 자리에서 꼼짝도 하지 않고 있었다. 가만히 눈빛을 교환하던 두 사람은 콱, 서로의 병장기를 움켜쥐더니 동시에 버럭 소리치며 사진량에게 달려들었다.

"우어억!"

"우리야압!"

사진량은 소매를 가볍게 털어내며 천천히 돌아섰다. 사진량의 등 뒤로는 바닥에 널브러진 두 사람, 고태와 관지화의 모습이 보였다. 두 사람은 큰 대 자로 널브러진 채 거친 숨을 몰아쉬고 있었다.

"크허억! 크헉!"

"하악! 하아악!"

두 사람을 동시에 상대하며 사진량은 제대로 된 공격은 한 번도 하지 않고 그저 공격을 흘려 넘긴 것뿐이었다.

그러기를 거의 한 식경. 쉴 새 없이 공격을 몰아치던 고태와 관지화는 부드러운 솜을 두드리는 것 같은 이상한 감각에 점점 지쳐갔다. 온 힘을 다한 공격도 아무런 소용없이 그대로 흘려 버리는 사진량이 마치 귀신처럼 느껴질 정도였다.

결국 두 사람은 공격 한 번 성공시키지 못하고 지쳐 나가떨어졌다. 워낙에 쉬지 않고 공격을 해댄 탓에 기운을 모두 소진한 탓이었다. 손가락 하나 까딱할 수 없을 정도로 지친 두 사람은 그저 벌렁 드러누운 채 거친 숨을 토해낼 수밖에 없었다.

그런 두 사람을 내버려 둔 채 사진량은 천천히 연무장을 빠져나가기 시작했다.

"다음에 또 봐주도록 하지."

그 말을 남기고 사진량은 이내 두 사람의 시야에서 완전히 사라져 버렸다. 연무장에 덩그러니 남겨진 두 사람은 그 자리에서 한참이나 거친 호흡을 뱉어낸 후에야 간신히 상체를 일으킬 수 있었다.

"크흐. 어떤 거 같은 감, 관 동생?"

"거, 뭔가가 보일 듯 말 듯합디다."

안 그래도 요즘 무공의 발전이 벽에 부딪친 것 같은 기분이 들었던 두 사람이었다. 그 때문에 두 사람 간의 비무가 더욱 거칠고 격렬해져 갔었다. 고태가 타구봉법을 응용해 선보인 것도 나름 자신의 벽을 넘어서기 위한 노력의 결과였다.

하지만 한 번 생겨난 벽을 넘어서기란 힘든 일이었다. 장일소가 계속 옆에서 지도해 주었다면 자연스레 넘길 수도 있었겠지만 천뢰일가의 일로 상황이 여의치 않았다. 실전에 가까운 비무도 서로에게 너무도 익숙해진 탓에 그리 큰 변화를 줄 수 없었다.

그런 상황에서 사진량과의 비무는 두 사람의 무공 발전에 큰 밑거름이 될 수 있었다. 두 사람의 공격을 모두 흘려 버릴 수 있다는 것은 그만큼, 고태와 관지화 두 사람의 모자란 부분을 잘 알고 있다는 뜻이었다. 공격이 실패한 이유를 생각하다 보면 두 사람의 무공은 한 걸음 더 나아갈 수 있을 것이다.

그런 생각에 연무장에 주저앉은 채 서로 마주 본 두 사람은 이를 드러내며 씨익 미소를 지었다. 두 사람이 나눈 짧은 대화는 좀 더 높은 경지를 얼핏 본 것을 서로 확인한 것이었다. 씨익 미소를 지으며 눈빛을 교환하던 두 사람은 이내 누가 먼저랄 것도 없이 벌떡 몸을 일으켰다.

"어디 한 판 더 해보자구, 관 동생."

"물론이죠. 이번엔 아까보다 좀 다를 겁니다?"

손을 뻗어 서로의 병장기를 쥔 두 사람은 언제 그랬냐는 듯 웃음기를 지우고 서로를 향해 달려들었다.

파캉! 채챙!

날카로운 파열음이 터져 나와 연무장을 크게 뒤흔들었다.

"에이, 독종은 독종이로구만."

남궁사혁은 혀를 차며 벽에 매달린 은규태를 쳐다보았다. 은규태는 시체처럼 축 늘어진 채 꼼짝도 하지 않고 있었다. 남궁사혁은 손가락을 몇 차례 튕겨냈다.

파파팍!

손가락을 튕겨 내쏜 암경이 은규태의 혈도를 두드렸다. 쇠사슬에 몸을 묶인 채 축 늘어져 있던 은규태의 몸이 꿈틀거리기 시작했다.

스르릉!

쇠사슬에 벽이 긁히는 소리와 함께 은규태의 푹 숙여진 고개가 천천히 들렸다. 검게 죽은 눈빛을 한 은규태와 남궁사혁의 눈이 마주쳤다.

"크, 크크큭……."

은규태는 지독한 통증 속에서도 음소를 흘렸다. 남궁사혁은
질렸다는 얼굴로 고개를 절레절레 흔들었다.

끼이익!

마침 낡은 뇌옥의 문이 열리는 소리가 들려왔다. 고개를 돌
리자 사진량이 안으로 들어오는 것이 보였다. 천천히 다가온
사진량은 남궁사혁에게 조용히 물었다.

"어떠냐?"

"말도 마라. 아무리 어르고 달래도 한마디도 안 하더라. 거
참, 독한 양반이야."

남궁사혁은 고개를 휘휘 내저으며 한숨을 푹 내쉬었다. 사
진량은 크게 기대를 하지 않은 듯 가만히 고개를 끄덕였다. 이
내 사진량의 시선이 은규태에게로 향했다. 은규태는 여전히 죽
은 눈빛을 한 채 가만히 자신을 응시하고 있었다.

"역시 얘기할 마음은 없는 거겠지?"

"크크……."

은규태는 싸늘한 음소로 대답을 대신했다. 사진량은 나직이
한숨을 내쉬며 천천히 돌아섰다.

"오늘은 이만 돌아가지."

사진량은 그대로 걸음을 옮기기 시작했다. 남궁사혁은 아쉬

움 가득한 얼굴로 은규태를 흘끗 쳐다보더니 그대로 사진량의 뒤를 따라 뇌옥을 벗어났다.

그그긍……! 철컹!

뇌옥의 문이 잠기고 두 사람의 인기척이 멀어지는 것을 느낀 은규태는 그대로 고개를 스륵 떨어뜨렸다.

"크으으……"

끊이지 않고 이어지는 통증에 은규태는 나직한 신음을 조용히 흘릴 뿐이었다.

"맞다! 이렇게 해보는 건 어떠냐?"

사진량의 뒤를 따라 뇌옥을 벗어나 지상으로 향한 계단을 오르던 남궁사혁이 뭔가 떠오른 듯 말을 걸었다. 멈춰 선 사진량이 고개를 돌렸다.

"좋은 생각이라도 있는 건가?"

사진량의 질문에 남궁사혁은 씨익 미소를 지으며 고개를 끄덕였다. 잠시 뜸을 들이던 남궁사혁은 천천히 입을 열기 시작했다.

"지난번에 말이다. 그 가주의 대역을 세뇌시킬 때 사용하던 최면 향이 남아 있다고 하지 않았었냐? 그걸 사용해 보면 어떨까 싶다만……"

남궁사혁은 대역이라는 단어를 말할 때에는 거의 들리지 않을 정도로 조용히 언급한 후에 말꼬리를 흐렸다. 그 말에 잠시 생각하던 사진량은 곧바로 입을 열었다.

"두 가지 문제가 있다."

"두 가지 문제?"

남궁사혁이 고개를 갸웃하며 반문했다. 사진량은 낮은 한숨을 내쉬며 말을 이었다.

"하나는 최면 향을 다루던 자이니 면역이 되었을 수도 있다는 점이다. 나머지 하나는 잘못 사용했다간 지난번 대역처럼 목숨을 잃을 수도 있다는 것이다."

남궁사혁은 대수롭지 않다는 듯 대꾸했다.

"난 또 뭐라고. 면역이 있는지 없는지는 사용해 보면 알 일이고. 어차피 저대로 놔두면 죽을 때까지 절대 아무 말도 안 할 것 같던데, 뭘. 그냥 해보고 안 되면 마는 거지. 안 그러냐?"

남궁사혁의 말에 사진량은 가만히 고개를 끄덕였다. 안 그래도 고문이나 다른 방법으로는 도무지 은규태의 입을 열 수 없을 것 같아 고민하던 사진량이었다. 만약 최면 향이 통한다면 부작용을 감수하고서라도 시도해 볼 가치는 있었다.

"그건 그렇군."

나직이 중얼거리며 사진량은 다시 돌아서서 걸음을 옮기기 시작했다. 남궁사혁은 씨익 미소를 지으며 사진량에게 바짝 다가가 어깨에 손을 걸치며 말했다.

"이번 일 잘 풀리면 알지? 양 소저한테 내 얘기 좀 잘 해줘라. 혹시 내가 남궁가 방계 출신이라서 안 된다면 지금 당장에라도 달려가서 남궁가를 접수할 수도 있다고. 그러니까 좀 부탁하마. 친구 좋다는 게 뭐냐? 응?"

전에 없이 친근하게 구는 남궁사혁의 모습에 사진량은 저도 모르게 나직이 한숨을 내쉬었다. 명문무가인 남궁가를 손아귀에 넣겠다고 저렇게 쉽게 내뱉을 수 있다는 것이 그저 어이가 없을 뿐이었다. 물론 그럴 만한 능력은 충분히 있긴 했지만.

"미친 놈."

사진량은 그저 짧게 톡 쏘아주고는 그대로 바람같이 홀연히 사라져 버렸다. 남궁사혁이 다급히 사진량의 뒤를 쫓으려 했지만 이미 시야에서 완전히 사라져 버린 후였다.

"에이! 치사한 놈. 하나뿐인 친구가 좀 부탁하는데 그게 그렇게 힘드냐? 하여간에 일생에 도움이 안 돼요, 도움이……."

남궁사혁의 상대를 잃은 투덜거리는 소리가 조용히 주위로 퍼져 나갔다.

그날 밤.

사진량은 한 손에 작은 향로를 들고 혼자서 조용히 뇌옥을 찾았다. 녹슨 경첩이 최대한 소리를 내지 않도록 조심스레 뇌옥의 문을 연 사진량은 벽에 매달린 은규태를 쳐다보았다. 불씨 하나 없는 짙은 어둠 속에서 은규태의 흉흉한 안광만이 희미한 빛을 발하고 있었다. 사진량의 기척을 느낀 것인지 은규태는 천천히 고개를 들었다.

스르릉!

짙은 어둠 속에서 두 사람의 시선이 마주쳤다. 사진량은 이내 향로 안에 담긴 약재에 내공으로 불을 붙였다.

화륵!

불길이 한 차례 크게 타오르고, 향로에서 수상쩍은 파르스름한 연기가 피어오르기 시작했다. 향로를 은규태의 발아래에 내려놓은 사진량은 몇 걸음 뒤로 물러나며 가만히 상황을 지켜보았다. 내공으로 몸 주위에 투명한 막을 펼쳐 향로가 뿜어내는 연기는 조금도 사진량에게 닿지 못했다.

"크으… 이, 이건……!"

향로가 뿜어내는 연기가 코끝에 닿자 은규태가 신음하듯 나직이 중얼거렸다. 사진량은 아무런 말도 하지 않고 그 자리에 가만히 서 있었다. 은규태가 억지로 고개를 돌리려 했다. 하지만 이미 주위는 향로가 뿜어낸 푸르스름한 연기로 가득 채워지고 있었다. 숨을 참아보려 해도 소용없었다. 끊이지 않는 고통으로 절로 신음이 터져 나온 탓이었다.

"끄으! 크으으!"

신음을 터뜨릴 때마다 푸르스름한 연기가 몸속으로 빨려 들어갔다. 이내 향로가 꺼지고 은규태의 주위가 연기로 가득 채워졌다. 은규태는 죽은 듯 축 늘어져 있었다. 미약한 호흡과 심장박동 소리가 들려오는 것으로 보아 죽은 것은 아니었다. 사진량은 소매를 가볍게 털어내 주위 가득한 연기를 저 멀리 날려 버리고 난 후, 은규태에게 다가갔다.

"내 목소리가 들리나?"

"으, 으으……."

미세하게 고개가 까딱였다. 사진량은 손을 뻗어 은규태에게 끊임없는 고통을 주던 내공을 완전히 거둬들였다. 그러곤 다시 물었다.

"이제 말할 생각이 좀 드나?"

"으으. 주, 주인님… 무엇이든… 시, 시키는 대로 하겠… 습니다."

은규태의 초점을 잃은 몽롱한 눈이 사진량에게로 향했다. 최면 향이 이지를 상실케 한 것은 틀림없어 보였다. 사진량은 은규태에게 가까이 다가가며 입을 열었다.

"좋다. 내가 묻는 질문에 하나도 숨김없이 대답할 수 있겠지?"

"무, 물론입니다, 주인님."

흘러나오는 대답에 사진량은 입꼬리를 살짝 말아 올렸다. 이렇게 효과가 좋은 것을 알았다면 그동안의 시간 낭비 없이 곧장 최면 향을 사용했을 것이다. 사진량은 숨을 크게 들이쉰 후에 천천히 입을 열어 질문을 던지기 시작했다.

"먼저 흑야와의 관계에 대해 말하라. 그리고 무엇을 노리고 그토록 오랜 세월 동안 천뢰일가에서 암약을 한 것인지도 낱낱이 밝혀야 할 것이다."

"그, 그것은……."

은규태는 그동안 입을 꾹 닫고 있었던 사람이라고는 믿기 어려울 정도로 쉽게, 귀신에라도 홀린 듯 입을 열기 시작했다.

"커헉!"

이야기를 모두 끝낸 은규태가 갑자기 왈칵 검게 죽은피를 토해냈다. 한참을 그렇게 각혈을 하던 은규태는 그대로 힘없이 축 늘어졌다가 몸을 부들부들 떨기 시작했다. 학질이라도 걸린 것처럼 미친 듯 몸을 떨던 은규태는 한순간 날카로운 비명을 토해냈다.

"크아아악!"

동시에 전신의 근육이 파열되고, 혈맥이 끊어지며 사방으로 대량의 피가 뿜어져 나왔다. 한 차례 크게 파르르 몸을 떤 은규태는 실 끊어진 연처럼 그대로 축 늘어졌다. 더 이상은 아무런 생명의 기운도 느껴지지 않았다. 가만히 은규태의 시신을 쳐다보던 사진량은 이내 천천히 돌아섰다.

저벅! 저벅!

피투성이가 된 은규태의 시신을 버려둔 채 사진량은 걸음을 옮기기 시작했다. 천천히 뇌옥을 벗어나는 사진량의 얼굴에는 조금의 감정도 담겨 있지 않은, 아니, 깊이 침잠해 들어간 분노가 가득한 무표정한 얼굴이 그려져 있었다.

第七章

양기뢰의 죽음

사진량은 어둠 속에서 자리에 앉아 가만히 눈을 감고 은규태가 한 이야기를 떠올렸다.

은규태는 자신이 처음부터 흑야의 인물이라고 했다. 아주 어릴 때부터 중원의 흑야에서 자란 은규태의 임무는 완벽하게 천뢰일가에서 자리를 잡는 것이었다.

그리고 천뢰일가의 일원으로서 신뢰를 쌓아 요직을 차지하고, 이후 오대봉신가를 자극해 천뢰일가를 내부에서부터 자멸하게 만드는 것이 궁극적인 목적이었다. 하지만 그 과정이 절대 눈에 띄어서는 안 되고, 누구도 의심하지 못하게 지극히 자연스럽게 이루어져야 했다.

그 시작은 가주인 양기뢰가 병으로 쓰러지는 것부터였다. 그것은 평소 양기뢰가 자주 마시는 차에 아무도 눈치채지 못할 정도로 미량의 독을 타, 그것이 체내에 누적된 결과였다. 그것도 흑야에서 수십 가지의 독물을 조합해 만들어낸 극독으로 당가의 독왕 수준의 독인이 아니라면 절대 중독으로 인한 와병이라는 것을 알아내지 못하는 것이었다.

결국 양기뢰는 원인 불명의 질병으로 오랜 세월을 누워 있어야 했다.

가주의 부재라는 불안 요소 속에서 은규태는 자신의 자리를 더욱 공고히 다졌다. 총관의 지위에 올라, 천뢰일가의 거의 모든 일에 관여를 하게 된 것이었다.

하지만 그것만으로는 천뢰일가를 무너뜨리기에 부족했다. 양기뢰의 금지옥엽 양지하 때문이었다.

천형이라 불리는 구음절맥을 지닌 시한부였지만, 그 지닌바 능력이 출중해 양기뢰의 빈자리를 메우고도 남았다. 구음절맥의 치료를 위해 갓난아이 때부터 온갖 종류의 영약을 지속적으로 복용하고 있는 탓에 양기뢰를 쓰러뜨린 극독이 체질적으로 통하지 않았다.

때문에 은규태는 총관으로서 양지하를 보좌하며 구음절맥의 발작으로 쓰러지기만을 기다리고 있었다. 이십 년이 넘게 자신을 감추고 천뢰일가에서 지내왔던 터라 몇 년을 더 기다린다고 해서 크게 문제가 될 것은 없었다. 아무리 영약을 지속적으로 복용한다고 해도, 양지하는 몇 년 안에 구음절맥의 발작으로 목숨을 잃게 될 테니.

하지만 상황이 달라졌다.

사진량의 존재가 드러난 탓이었다. 양기뢰의 후계자가 될지도 모르는 사진량의 등장은 은규태의 입장에서는 예상치 못한 크나 큰 걸림돌이었다. 거의 다 끝나가는 일을 뒤집어 버리는 것과 마찬가지였다. 은규태가 무리수를 둔 것은 모두 그 때문이었다.

대회합의 현장에서 양기뢰의 대역을 결정적인 순간에 죽음에 이르게 해 오대봉신가의 가주들이 반란을 일으키도록 자극한다. 사진량이 없었다면 내분으로 천뢰일가를 무너뜨릴 수 있는 성공적인 계획이었을 것이다.

"후우우……."

사진량은 길게 한숨을 내쉬며 천천히 눈을 떴다. 어둠 속에서 사진량의 깊은 눈빛이 날카롭게 빛났다. 아무래도 천뢰일가의 내부를 깨끗하게 정리하는 것이 선행되어야 할 것 같았다.

총관이었던 은규태 말고도 흑야의 인물이 잠입해 있을 가능성은 충분했다. 마공을 익힌 자라면 사진량이 금방 찾아낼 수 있겠지만, 그게 아니라면 모두 색출해 내는 데 시간이 꽤나 걸릴 것 같았다.

믿을 수 있는 자라면 천뢰일가 내에서는 양지하 하나뿐이었다. 그 외에는 자신과 지금까지 함께해 온 이들밖에 없었다. 양지하까지 합치면 고작해야 자신을 포함해 일곱 사람이 믿을 수 있는 전부였다.

"애초에 혼자서 하려던 일이었으니. 숫자는 충분하군."

사진량은 피식 미소를 지으며 중얼거렸다. 어차피 은거한 섬에서 나올 때부터 마도멸절을 남의 손에 맡길 생각은 조금도 없었던 사진량이었다.

예상 밖의 상황으로 천뢰일가의 가주에 오르게 된 지금도 그 생각은 크게 달라지지 않았다. 오히려 믿을 수 있는 자들이 여섯이나 있다는 것이 믿기지 않았다.

지금껏 항상 모든 일을 혼자서 해온 사진량이었다. 아주 어린 시절을 빼면 대부분의 시기를 혼자서 보냈었다. 마라천을 무너뜨릴 때에도 검 한 자루를 들고 혈혈단신으로 나서지 않았던가.

그때보다는 지금의 상황이 훨씬 나았다. 사진량은 나직이 한숨을 내쉬며 천천히 몸을 일으켰다. 마침 밖에서 시비가 다가와 문 앞에 멈춰 섰다.

"나가실 시간입니다, 가주. 준비는 다 되셨는지요?"

"금방 나가겠다."

대답과 함께 사진량은 탁자 위에 놓여 있는 예복을 갖춰 입었다. 그러곤 손을 뻗어 벽에 기대어 놓은 검을 들고 밖으로 걸음을 옮기기 시작했다.

닫힌 문을 열자 복도에 난 창을 통해 한 줄기 밝은 햇살이 밀려들어 어두운 방 안을 밝혔다.

"다들 기다리고 계십니다, 가주. 절 따라오시지요."

문 밖에서 허리를 숙인 채 기다리고 있던 시비는 앞장서서 걸음을 옮기기 시작했다. 사진량은 아무런 말없이 조용히 그 뒤를 쫓았다.

*   *   *

웅성웅성!

천뢰일가의 연회장에는 수천 명의 사람이 모여 있었다. 천뢰일가의 가솔은 물론이고 인근 마을의 사람들과 정사연합무맹에서 보낸 사절까지 다양한 신분의 사람들이 한자리에 모여 웅성거리고 있었다.

특히나 정사연합무맹의 사절단은 주빈으로 참석해 상석에 자리하고 있었다. 여러모로 천뢰일가의 혼란을 바로잡는 데 큰 도움이 되었던 개방도 중 일부도 상석에 자리를 잡았다.

"크하핫! 이게 얼마만의 고기냐? 다들 뱃가죽에 기름칠이나 듬뿍하고 가자고!"

굳이 먼 길을 오지 않아도 될 개방주 홍영이 벌써부터 상석에 차려진 음식을 거지다운 모습으로 게걸스럽게 뜯어 먹으며 너털웃음을 터뜨렸다.

그런 홍영의 옆에는 고개를 푹 숙인 채 모른 척하고 있는 오귀가 있었다. 개방주까지 온 자리이다 보니 남궁사혁도 평소처럼 오귀를 종복으로 대할 수 없었다. 개방주이자 사부인 홍영의 눈앞에서 소방주인 오귀를 막 대할 수는 없는 노릇이었으니.

[나중에 다 끝나고 보자, 종복 놈아.]

남궁사혁은 오귀에게 전음으로 그렇게 전했다.

남궁사혁의 전음에 흠칫 어깨를 떤 오귀가 저도 모르게 고개를 들었다. 마침 구운 닭다리를 뜯고 있던 홍영과 오귀의 눈이 마주쳤다. 홍영은 씨익 미소를 지으며 오귀에게 들고 있던 닭다리를 건넸다.

"뭐 하는 게냐? 너도 어서 먹지 않고. 여기 다리 하나 더 있으니 이건 네가 먹어라."

오귀가 닭다리를 받아 들자 홍영은 구운 닭을 통째로 들고 살점을 뜯어 먹기 시작했다. 한 손에 닭다리를 든 채 오귀는 그 모습을 멍하니 쳐다보았다. 이내 그는 한숨을 푹 내쉬며 닭다리를 앞에 놓인 접시에 내려놓았다.

천뢰일가의 신임 가주 취임식.

연회장의 사람들은 모두 가주 취임식에 참가하기 위해 모인 것이었다.

본래라면 오대봉신가의 가주들까지 모두 한자리에 소집해야 하는 일이었지만, 지난번의 일로 가주들은 거의 연금 상태인 터라 부르지 않았다. 하지만 그렇다고 간략하게 취임식을 준비한 것은 아니었다.

새 가주를 전 무림에 선포하는 자리이니만큼 최대한 천뢰일가가 건재하다는 것을 보이기 위해 철저히 준비를 했다. 대역이긴 했지만 양기뢰의 장례 이후, 거의 달포가 넘도록 준비한 취임식이었으니 행사의 규모는 크고도 화려했다.

수천 명을 동시에 수용할 수 있도록 연회장을 크게 넓히는 한편, 시간을 들여 주위에 불평이 터져 나오지 않도록 필요한 물자를 멀리까지 나가 차근차근 사들였다. 거기에 무림을 대표하는 구파일방과 정사연합무맹에 초청장을 보내고, 취임식에 참가할 손님들의 명부를 확인해야 했다.

사흘 전부터는 천뢰일가로 밀려드는 손님들의 신원 확인을 위해 밀단을 총동원해야 했고, 머물 곳을 준비하느라 모든 가솔이 눈코 뜰 새 없이 바쁘게 움직였다. 그렇게 준비된 가주 취임식은 천뢰일가의 역사상 최대의 규모가 되었다. 오대봉신가의 반란에도 불구하고 천뢰일가는 아무런 이상도 없이 건재함을 널리 떨치기 위해서였다.

"그나저나 취임식은 언제 시작하는 거요? 아까부터 꽤 오랫동안 기다린 것 같은데……."

정사연합무맹의 사절 중 하나가 주위를 둘러보며 물었다. 언제 온 것인지 양지하가 천천히 상석으로 오르며 대답했다.

"이제 곧 시작될 겁니다. 너무 오래 기다리시게 해 죄송합니다."

"소저는……?"

질문을 한 정사연합무맹의 사절이 고개를 갸웃하며 양지하를 쳐다보았다. 양지하는 상석의 손님들에게 두 손을 모아 고개를 숙이며 말했다.

"전대 가주의 여식, 양지하라 합니다. 지금까지 본가의 가주 대행을 맡고 있었지요."

"오오, 그대가 바로 그 유명한 천뢰옥엽 양 소저이셨소? 듣던 대로 두 눈에 현기가 가득하시구려, 허허허."

"과찬의 말씀이십니다. 그저 과분한 짐을 짊어진 어린 계집일 뿐입니다."

"겸양이 과하시오. 그동안 천뢰일가를 큰 문제 없이 이끌어 온 것도 소저의 공이 아니겠소."

"그리 봐주시니 감사할 따름입니다. 이제 곧 취임식을 시작할 테니 이야기는 나중에 계속하도록 하지요."

"아! 그러시오."

양지하는 조심스레 사절의 옆을 지나 상석의 한가운데로 향했다. 자리에 선 양지하는 천천히 연회장에 모인 사람들을 둘러보았다.

각양각색의 사람들이 모여 있었다. 허리에 검을 찬 무인도 있었고, 무공은 전혀 모르는 일반인들도 있었다. 일반인의 대부분은 천뢰일가의 주위에서 모여 사는 마을 사람들이었다.

"새 가주님은 어떤 사람이라던감?"

"글쎄? 나도 한 번도 본 적 없구먼."

"난 먼발치에서 본 적 있어! 전대 가주님이랑 똑 닮으셨더구먼."

"그래? 그럼 훌륭하신 분이겠구먼."

웅성거리는 사람들 사이에서 몇몇 마을 사람이 나누는 대화가 들려왔다. 양지하는 피식 미소를 지으며 고개를 돌려 자신이 나온 방향을 쳐다보았다. 장일소가 천천히 다가오고 있었다.

"준비는 다 끝났나요?"

가까이 다가온 장일소에게 양지하가 조용히 물었다. 장일소는 고개를 숙이며 조용히 대답했다.

"네. 지금 막 뇌신각에서 나오셨다고 하니 늦어도 반각 내에는 도착하실 겁니다."

"그럼 슬슬 시작해도 되겠군요."

양지하는 천천히 사람들에게로 고개를 돌리며 조용히 중얼거렸다. 장일소는 양지하의 왼쪽 옆에 자리를 잡으며 고개를 끄덕였다.

"그렇지요. 시작하셔도 됩니다, 아가씨."

그 말에 양지하는 연회장의 좌중을 둘러보며 천천히 입을 열기 시작했다.

"이 자리에 모이신 여러분……."

"잠시 들러야 할 곳이 있으니 여기서 기다려라."

시비를 따라 뇌신각을 벗어나려던 사진량은 갑자기 무언가 떠오른 듯 걸음을 멈췄다. 종종걸음으로 사진량을 연회장으로 인도하던 시비가 고개를 돌렸다.

"취임식이 곧 시작할 겁니다, 가주. 서두르셔야 해요."

"잠깐이면 된다. 그럼 다녀오지."

시비가 무어라 대꾸를 하기도 전에 사진량은 이미 시야에서 사라져 버린 후였다. 시비는 조금 전까지 사진량이 서 있던 곳을 멍하니 쳐다보며 깊은 한숨을 내쉬었다.

"하아……."

파팟!

몸을 날린 사진량의 귓가에 시비의 낮은 한숨 소리가 들려왔다. 사진량은 아랑곳하지 않고 더욱 서둘러 몸을 날렸다.

사진량이 향한 곳은 뇌신각의 심처에 위치한 양기뢰의 병실이었다.

도착하기도 전에 코끝에 진한 약 향이 전해졌다. 한동안 사진량의 추궁과혈을 위주로 해 탕약을 전혀 먹지 않았었지만, 오랜 세월 동안 복용한 영약의 기운이 방 안에 가득 남아 있는 탓이었다.

평생 동안 양기뢰를 모셔온 노인이 문 앞을 지키고 있는 게 보였다. 노인의 바로 앞에서 사진량은 걸음을 멈췄다. 갑작스레 불쑥 나타난 사진량의 모습에 노인은 화들짝 놀라며 엉덩방아를 찧었다.

"으헛! 까, 깜짝이야! 갑자기 여긴 어쩐 일이십니까? 지금 취임식을 하고 있는 거 아니었습니까, 소가주?"

노인에게는 아직까지 양기뢰가 천뢰일가의 가주였다. 때문에 정식 취임을 앞두고 있음에도 노인은 사진량을 소가주라고 부르고 있었다. 엉덩이를 문지르며 몸을 일으킨 노인에게 사진량은 조용히 말했다.

"조용히 모실 곳이 있다. 비켜주겠나?"

"모실 곳이라니요……?"

"들어가겠다."

고개를 갸웃하는 노인의 물음에 사진량은 대답하지 않고 그 대로 안으로 들어갔다.

반쯤 눈을 감은 채 침상에 누워 있는 파리한 인상의 양기뢰가 눈에 들어왔다. 성큼성큼 다가간 사진량은 그대로 양기뢰를 안아 들었다.

"도, 도대체 무슨 짓을 하시는 겁니까? 가주께서는 함부로 거동하시지 못하……."

사진량의 갑작스러운 행동에 당황한 노인이 다급히 다가오며 날카롭게 쏘아붙였다. 하지만 사진량의 눈빛에 노인은 저도 모르게 움찔하며 입을 다물었다. 사진량은 양기뢰를 안아 든채 노인을 스쳐 지나 밖으로 나갔다.

"따라와라."

짧은 말을 남긴 사진량이 어디론가 몸을 날렸다. 그제야 퍼뜩 정신을 차린 노인은 황급히 사진량의 뒤를 쫓아 후다닥 걸음을 옮기기 시작했다.

타타탓!

사진량이 향한 곳은 뇌신각의 최상층이었다. 가주의 허락이 없으면 아무도 함부로 접근하지 못하는 뇌신각의 최상층은 천뢰일가 전체를 한눈에 조망할 수 있는 넓은 방이 있었다. 방의 한가운데에서 멈춰 선 사진량은 자신의 품에 안긴 양기뢰를 쳐다보았다. 미약한 호흡이었지만 방을 나설 때와 상태가 달라지지는 않았다.

사진량은 그대로 천천히 주위를 둘러보았다. 몸을 깊이 누일 수 있는 크고 푹신한 의자가 하나 보였다. 사진량은 양기뢰를 의자에 앉히고 연회장을 내려다볼 수 있는 곳으로 옮겼다.

"허억! 허억! 가, 가주, 괜찮으십니까?"

막 방 안에 들어선 노인이 거친 숨을 몰아쉬며 양기뢰에게 다가갔다. 양기뢰는 의자에 앉아 미동도 않은 채 창밖의 연회장을 내려다보고 있었다.

사진량은 손을 뻗어 양기뢰의 명문혈을 통해 내공을 주입했다. 그동안 매일같이 추궁과혈을 했던 터라 눈을 감고도 진기를 도인할 수 있었다.

몸속에 사진량의 내공이 흐르자 양기뢰의 파르르 떨리는 눈이 천천히 열렸다. 빛을 거의 잃은 눈빛이었지만 양기뢰는 분명 연회장을 내려다보고 있었다. 사진량은 가만히 양기뢰를 쳐다보며 입을 열었다.

"여기서 지켜보십시오."

말을 마침과 동시에 사진량은 뇌신각 아래에서 자신을 기다리고 있을 시비를 향해 창밖으로 몸을 날렸다.

타타탓!

다급히 양기뢰의 상세를 살피던 노인은 귓가에 들려오는 파공성에 고개를 돌렸다. 하지만 이미 사진량의 모습은 어디에도 보이지 않았다.

턱!

사진량은 그대로 시비의 옆에 조용히 착지했다. 뇌신각 안을 쳐다보고 있던 시비는 뒤에서 들려온 소리에 고개를 돌리다 사진량을 발견하고는 깜짝 놀랐다.

"가, 가주님! 언제……?"

"늦지 않았나? 이제 가지."

사진량은 그대로 성큼성큼 연회장을 향해 걸음을 옮기기 시작했다. 당황한 시비가 종종걸음으로 사진량의 뒤를 서둘러 쫓았다.

두 사람이 막 연회장에 도착했을 때였다. 한창 취임식을 진행하던 양지하가 때마침 사진량을 부르고 있었다. 사진량은 간단히 옷매무새를 가다듬은 후, 천천히 상석으로 올랐다.

"와아아아……!"

당당하게 상석에 선 사진량의 모습에 연회장을 가득 메운 수많은 사람이 일제히 함성을 토해냈다.

"보이십니까, 가주……? 도련님께서 드디어 가주의 뒤를 잇고 계십니다."

노인은 파르르 떨리는 눈으로 연회장을 내려다보며 조용히 입을 열었다. 의자에 몸을 깊이 누인 양기뢰의 눈은 연회장으로 향해 있었다.

노인의 눈에서 눈물이 또르르 흘러내렸다. 양기뢰가 조금만 더 기력이 남아 있었다면 지금 저 모습을 보고 얼마나 기뻐했을지 생각만 해도 울컥했다.

"이 기쁜 날 제가 주책이로군요. 죄송합니다, 가주."

노인은 소매로 눈물을 훔쳐내며 고개를 숙였다.

그때였다.

고개를 숙인 노인의 눈에 앙상한 나뭇가지 같은 양기뢰의 손이 바르르 떨리며 미세하게 움직이는 것이 보였다. 노인은 화등잔만 하게 커진 눈을 하고 고개를 들었다. 희미한 생기가 남아 있는 눈빛을 한 양기뢰와 눈이 마주쳤다.

"가, 가주! 설마 지금 제 말을 알아들으신 겁니까?"

"그으……."

제대로 된 말은 아니었지만 양기뢰의 성대가 울렁이며 소리가 흘러나왔다. 노인은 양기뢰에게 바짝 다가가며 소리쳤다.

"정신이 드시는 겁니까, 가주!"

양기뢰의 고개가 천천히 끄덕여졌다. 순간 노인의 눈에서 참 았던 눈물이 터져 나왔다. 노인은 울먹이며 앙상한 양기뢰의 손을 두 손으로 맞잡고 흐느꼈다.

"크흐흐! 도련님께서 가주의 뒤를 잇는 이 좋은 날에 가주께 서도 정신을 차리시다니. 하늘이 돕는 것 같습니다, 허허."

웃음과 울음이 섞인 목소리로 말을 하며 노인은 연신 눈물 을 훔쳤다. 양기뢰는 아무런 대꾸도 하지 않고 가만히 연회장 을 내려다보고 있었다.

막 연회장의 상석에 나서는 사내의 모습이 양기뢰의 눈에 들어왔다.

빛을 잃어가던 양기뢰의 눈에 한순간 생기가 살아났다. 노인 이 잡고 있던 양기뢰의 손에 힘이 들어갔다. 변화를 느낀 노인 이 눈물이 가득한 얼굴로 고개를 들어 양기뢰를 쳐다보았다. 뼈가 보일 정도로 앙상하게 마른 얼굴이었지만, 눈빛과 표정만 큼은 한창때의 양기뢰로 보였다.

"가, 가주……!"

노인은 낮은 탄성을 터뜨리며 양기뢰를 바라보았다. 파르르 떨리는 양기뢰의 입이 천천히 벌어졌다.

"찾았… 느냐?"

"예. 그렇습니다, 가주. 도련님을 찾았습니다. 찾았고말고 요."

노인은 연신 고개를 끄덕이며 양기뢰의 질문에 대답했다. 양기뢰는 멀리 보이는 연회장의 상석에 선 사진량을 한참이나 가만히 쳐다보았다.

"와아아아아!"

연회장에 모인 사람들의 함성이 여기까지 전해졌다. 양기뢰는 피식 미소를 지으며 중얼거렸다.

"내… 아들, 진후가 뒤를 이었으니……."

"그렇습니다. 진후 도련님께서 가주의 뒤를 잇고 계십니다."

노인은 격앙된 어투로 연신 고개를 끄덕였다. 양기뢰는 바르르 떨리는 입술을 열어 말을 이었다.

"이제… 푹 쉴 수 있겠……."

양기뢰의 말은 더 이상 이어지지 않았다. 언제 그랬냐는 듯 순식간에 생기가 사라지고 양기뢰는 그대로 축 늘어졌다. 노인이 잡고 있던 손에서 힘이 빠져나갔다. 미약한 생기를 담은 눈이 빛을 잃고 스륵 감겼다.

툭!

미끄러지듯 노인의 손에서 빠져나온 양기뢰의 손이 아래로 축 늘어졌다.

노인은 순간적으로 지금의 상황을 이해할 수 없었다. 의자에 몸을 깊이 누인 채 더 이상 아무런 움직임도 없는 양기뢰를 멍하니 쳐다보고 있을 뿐이었다.

그러다 퍼뜩 양기뢰가 더 이상 숨을 쉬지 않는다는 것을 깨달은 노인은 오열하며 소리쳤다.

"가, 가주······!"

『고검독보』 5권에 계속…

초대형 24시 만화방

신간 100%, 샤워실, 흡연실, 수면실(침대석), 커플석, 세탁기 완비

▪ 시흥 정왕25시점 ▪

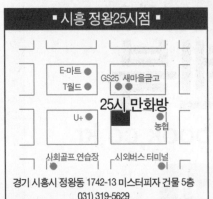

경기 시흥시 정왕동 1742-13 미스터피자 건물 5층
031) 319-5629

▪ 강북 노원역점 ▪

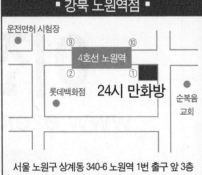

서울 노원구 상계동 340-6 노원역 1번 출구 앞 3층
02) 951-8324 (화용빌딩 3층)

▪ 일산 정발산역점 ▪

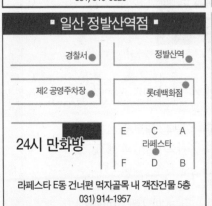

라페스타 E동 건너편 먹자골목 내 객잔건물 5층
031) 914-1957

▪ 일산 화정역점 ▪

경기도 고양시 덕양구 화정동 984번지 서일빌딩 7층
031) 979-4874 (서일사우나 건물 7층)

▪ 부천 역곡역점 ▪

역곡남부역 기업은행 건물 3층
032) 665-5525

▪ 부평역점 ▪

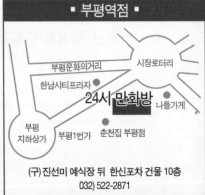

(구) 진선미 예식장 뒤 한신포차 건물 10층
032) 522-2871

보신
제일
주의

FANTASTIC ORIENTAL HEROES

김용진 新무협 판타지 소설

황실 다음가는 권력을 지녔다고 하는
천문단가(千文團家)에서 오대독자가 태어났다.
그리고 그 아이는 튼튼하게 자라났다.
…굉장히 튼튼하게.

『보신제일주의』

"다 큰 어른들도 하기 힘들어하는 수련인데
공자께서는 요령도 피우시지 않는군요. 대단합니다."

"건강하게 오래 살려면 해야 하는 일이니까요."

취미는 삼 뿌리 씹기, 약탕기는 생활필수품!
그리고 추구하는 건 오로지 보신(保身)!
하지만… 무림의 가혹한 은원은 피할 수 없다.

"각오완료(覺悟完了)다. 살아남아 주마!"

Book Publishing CHUNGEORAM

유행이 아닌 자유추구~
WWW.chungeoram.com

十字星 십자성
허담 新무협 판타지 소설
FANTASTIC ORIENTAL HEROES
전왕의 검

신력을 타고났으나 그것은 축복이 아닌 저주였다.

『십자성 - 전왕의 검』

남과 다르기에 계속된 도망자의 삶.
거듭된 도망의 끝은 북방 이민족의 땅이었다.
야만자의 땅에서 적풍은 마침내 검을 드는데……!

"다시는 숨어 살지 않겠다!"

쫓기지 않고 군림하리라!
절대마지 십자성을 거느린
적풍의 압도적인 무림행이 시작된다!

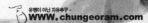

FUSION FANTASTIC STORY

텀블러 장편소설

현대
천마록

천하를 호령하고 전 무림을 통합한
일월신교의 교주 천하랑.
사람들은 그를 천마, 혹은 혈마대제라고 불렀다.

『현대 천마록』

무공의 끝은 불로불사가 되는 것이라 생각했지만
그로서도 자연의 섭리 앞에선 어쩔 수 없었다!

'그렇게 많은 피를 흘렸음에도 불구하고
죽을 때가 되니 남는 것이 없군그래.'

거듭된 고련 끝에 천하랑의 영혼이
존재하지 않게 된 그 순간
그의 영혼은 현세에서 천마로서 눈을 뜬다!

Book Publishing CHUNGEORAM

유행이 아닌 자유추구 -
WWW.chungeoram.com

GAME BALL

게임볼 설경구 장편소설
FUSION FANTASTIC STORY

무명의 야구인이었던 남자,
우진이 펼치는 야구 감독으로서의 화려한 일대기!

『게임볼』

"이 멤버로 우승을 시키라고?"

가상 야구 게임,
게임볼을 통해 인생 역전을 꿈꾸는

한 남자의 뜨거운 행보에 주목하라!

Book Publishing CHUNGEORAM

유행이 아닌 자유추구 -
WWW. chungeoram.com

투신 강태산

박선우 장편소설

FUSION FANTASTIC STORY

무림을 휩쓸던 '야차(夜叉)'가 돌아왔다.

『투신 강태산』

여행사 다니는 따뜻한 하숙생 오빠이자
국가위기 특수대응팀 '청룡'의 수장.
그리고 종합격투기계를 휩쓸어 버린 절대강자.
전 세계를 무대로 펼쳐지는 투신 강태산의 현대 종횡기!!

"나는, 나와 대한민국의 적을, 철저하게 부숴 버릴 것이다."

서러웠던 대한민국은 잊어라!
국민을 사랑하는 대통령과 절대강자 투신이 만들어 나가는
새로운 대한민국이 펼쳐진다!!